花谢花又开

周建新——著

天津出版传媒集团
百花文艺出版社

图书在版编目（CIP）数据

花谢花又开 / 周建新著 . -- 天津 : 百花文艺出版社 , 2023.3

ISBN 978-7-5306-8426-9

Ⅰ . ①花… Ⅱ . ①周… Ⅲ . ①长篇小说—中国—当代 Ⅳ . ① I247.5

中国版本图书馆 CIP 数据核字 (2022) 第 231014 号

花谢花又开

HUA XIE HUA YOU KAI

周建新　著

出 版 人：薛印胜
责任编辑：魏　青
装帧设计：書點文化
出版发行：百花文艺出版社
地址：天津市和平区西康路 35 号　**邮编：**300051
电话传真：+86-22-23332651（发行部）
+86-22-23332656（总编室）
+86-22-23332478（邮购部）
主页：http://www.baihuawenyi.com
印刷：四川科德彩色数码科技有限公司
开本：880 毫米 ×1230 毫米　1/32
字数：150 千字
印张：6
版次：2023 年 3 月第 1 版
印次：2023 年 3 月第 1 次
定价：68.00 元

如有印装质量问题，请与四川科德彩色数码科技有限公司联系调换
地址：成都市郫都区成都现代工业港北片区港北二路 551 号
电话：028-88451797　邮编：610021

目　录

养蜂人与蜜蜂天生有缘。一起追花采蜜，一起践行和诠释着同样可贵的精神——蜜蜂精神。

——题记

一、遭遇泥石流

正是湘西紫云英花开的时节。在一片人烟稀少的山区，成片成片的梯田上淡紫色的紫云英花像织就的锦缎一样美不胜收。

家住千里之外的浙西三江市的养蜂人郑松柏仿佛是只嗅觉很灵的大蜜蜂，和几个养蜂的老伙计一起带着各自庞大的蜜蜂队伍，雇上几辆大卡车浩浩荡荡地自浙西出发。他们寻花问蜜，一路向西，嗅着花香，安营扎寨，随花期移场，最后横穿江西来到湘西，驻扎在这个叫老虎坞的花海中。

郑松柏刚寻得这片花海时正是阳光明媚的春天，一眼望去，暖阳下的花海像一片片紫色的云朵层层叠叠铺满整个山谷，他的心里像喝了蜜一样，所有的舟车劳顿统统不存在了。其实真正给他带来好心情的可不是这里的美景，而是这一片片紫云英花朵里的蜜和粉。普通人看到的是花海是风景，而他的眼里是被蜜蜂们采回盛满蜂箱琼浆似的蜜和金粉。他把帐篷扎在山脚下一块向阳背风的草坪上，这里是块风水宝地，除向阳背风外，还有一个能牵一头大水牛进去的天然山洞，可免费做他的临时贮藏室。

卡车拉来的一百个黑色蜂箱，他花了一整天才安顿好。那些黑箱子布满帐篷周围所有可以放置的地方。养蜂人都知道，蜂箱之间至少要相隔两三步，据说一个箱蜂就是一个家族，蜜蜂的认家本领差，若蜂箱放得太近或不固定随意移动，蜜蜂就可能找不到家而误入别的蜂箱。私闯“民宅”的后果很严重，误入者常被群起而攻之。因此，一卡车能装下的一百个蜂箱不得不拉开距离摆放了。

蜂场领地极阔：稍平坦的地方摆成了大棋盘，空着的田边地角和长长的田埂，便摆成了尺子、茄子和黑蛇等形状了。一到此地，蜜蜂们像到了天堂，比郑松柏还欢畅热烈。它们在长途中禁受了无数的颠簸、挤撞、憋闷和饥饿，已十分烦躁，一见到满坞淡紫色的紫云英花，如饿极的鸡见到满地的谷子米粒似的兴奋狂喜，迫不及待地冲出箱子扑向花海，一时间像无数微型轰炸机发出响亮的“嗡嗡”声。许多蜜蜂还边采蜜边跳空中舞蹈，尽情地狂舞着千篇一律的“八字舞”。

“吃不了兜着走”是蜜蜂的天性。它们吃饱喝足后，巧妙又娴熟地将花蜜贮藏进腹部的小蜜囊里，用毛茸茸的前肢后腿去沾花粉，满载而归。蜜蜂源源不断地将花的蜜、花的粉送到它们的家——蜂箱里。一些贪心的小家伙携带的蜜粉太多太沉，飞到半途便飞不动了，只好停下来歇息，有的身子实在太沉太累，飞着飞着突然一头栽下来，摔得遍体鳞伤，如果不及时急救，将一命呜呼。郑松柏对蜜蜂的习性了如指掌，他拿着一只铝制饭盒巡查地上有无累坏坠落的蜜蜂，一见地上有摔伤的大腹便便的蜜蜂在挣扎，便心疼又小心地把它们捡起放入饭盒，一支烟的工夫就捡了小半饭盒。为避免欺生，他专门备了一个空蜂箱，把那些“落难”的蜜蜂放进空蜂箱里，将它们临时编成了一支“独立大队”。

养蜂人最亲密的伙伴除了蜂，便是狗了。与郑松柏形影不离的大黄狗见蜜蜂飞舞，主人喜笑颜开，也撒欢儿跳舞给主人看，讨主人欢心。郑松柏抚摸着它毛茸茸的头，许诺说等割了蜜赏它一块肉骨头。大黄狗通人性，它相信主人的许诺，每次主人喜获丰收，到割蜜时都会赏它一两块令它垂涎三尺的肉骨头，它总是摇着尾巴表示谢意，然后美滋滋地享用他的肉骨头。养蜂人一般都是结伴出门，再孤军作战，所以他和大黄狗始终朝夕相处同甘共苦。大黄狗是个忠勇的好伙伴，即使历经艰险也从没离他半步，而且在危难之际愿为主人冲锋陷阵两肋插刀。郑松柏知道，在许多个夜晚，窃蜜贼或盗蜂贼摸进蜂场，等他被响亮的狗吠声惊醒起床查看时，盗贼早已经被勇猛的大黄狗追咬得丢盔弃甲、仓皇而逃了。郑松柏养蜂绝对不能没有大黄狗，他把它看得比自己的命还重要。曾在赣南一个蜂场，大黄狗被当地的三条恶狗追咬，郑松柏抄起木棍硬将恶狗追到五里外；还有一次与两个偷狗者拼命，为救大黄狗郑松柏的脑袋还挨了一闷棍。

郑松柏许诺给大黄狗啃肉骨头，但这诺言最终没能实现。并非他不讲诚信或遗忘了，是天公捉弄了他。

养蜂这行靠天吃饭，发财倒灶全看老天的心情。它高兴起来阳光普照鲜花怒放蜂舞蝶飞，任蜜蜂加班加点去采蜜沾粉，养蜂人美美地等着割蜜取粉，直至人蜂如愿。但如果老天发了脾气辣手摧花，连日阴雨刮风无休无止，弄得花蔫蜜失，蜜蜂们因不敢出箱采蜜只能待在蜂箱里吃些主人施舍的一点儿蜂粮度日，时间久了免不了忍饥挨饿。也有一些勇士冒着风雨去采蜜填肚子，但一双薄翼常被歪风斜雨打湿吹倒飞不起来，不少摔到地上被冻死饿死。哪想到这种霉运让郑松柏赶上了。

老天的脸说变就变。不知谁得罪了他，明明风和日丽花笑蜂忙收蜜在望，转瞬间乌云从天边飞来遮住了阳光，吐出的冷风把山田里的紫云英花吹得东倒西歪，把正落在花上采蜜的蜜蜂吹走，迷失了方向，接着泼下的雨水更是雪上加霜，反应敏捷飞得快的蜜蜂躲过一劫，动作迟缓的就祸福难测了。

一连数天的风雨，吹得紫云英花瓣落了一地；披着雨衣的郑松柏躬着身仔细地寻找掉在花草丛中的蜜蜂。那些受伤的小蜜蜂就像是他的孩子，他那严峻而凄楚的脸上挂着泪。他的心也被雨水打湿了。

一连几个风雨交加的夜晚，郑松柏忧心忡忡地躺在空蜂箱拼成的床上睡不着觉。突然，大黄狗如临大敌似的狂吠起来，并蹿进帐篷用嘴叼住他的袖子直往门外拽。郑松柏一个激灵，立马想到有盗蜜贼光临，心想：蜜蜂都快断粮饿死了还敢来偷，欺人太甚，看我怎么收拾你。然后，他急忙去摸枕头边的手电筒，不巧手电筒被弄湿，电池里的电全跑了，他只好摸黑点亮马灯，披上雨衣抄起一根木棍迎着风雨冲出去，凶狠地大喊着给自个儿壮胆：“哪个要蜜不要命的，老子先叫你吃‘甘蔗’！”

漆黑的世界里只有恼人的风雨声，只有大黄狗歇斯底里充满恐惧的狂叫声，马灯只有一团昏黄的光晕，出门不一会儿就被风吹灭了，霎时再也见不到一丝光亮。正当他咒骂窃贼时，突然从远处传来可怕的轰隆隆、哗啦啦的声音，这声音极大又很有气势，完全压倒了呼呼的风雨声，郑松柏猛地醒悟过来了，他知道比窃蜜可怕一百倍的事情已经发生了，他的后背飕飕发凉，赶紧扔掉手里的马灯木棍朝蜂箱跑去。那一箱箱蜜蜂是他的宝贝、他的性命，此时他没有只顾逃命，他想到了帐篷后面的一个山洞，急中生智，一下子抱起帐篷旁的两个蜂箱，跌跌撞撞地奔向帐篷后面的山洞，把蜂箱往洞里一放就冲了出来。轰隆隆、哗啦啦的泥石滚动的声音越来越响，大地在颤抖，仿佛是世界的末日来临，郑松柏像战场上与敌人争夺弹药的勇士一样，毫无惧色地与泥石流抢夺自己的蜂箱。两箱、四箱、六箱……每次抢抱两箱快速来回穿梭着，可是山上的泥石流像一群奔跑的巨兽从山坡上咆哮着倾泻而下，直扑他的蜂场……

好险哪，就在他发疯似的抱着第九、十两个蜂箱连滚带爬地摸进山洞口的时候，穷凶极恶的泥石流以泰山压顶之势从他的面前滚滚而过。巨大的轰隆声中夹杂着刺耳的撞击声，他感到地动山摇，一阵狂风呼啸而过，黑暗中他见到帐篷模糊的影子瞬间消失，而摆在地上的百十个蜂箱，被这突如其来的泥石流吞噬着，像大海里可恶的大白鲨的巨嘴吸食成千上万的小鱼一样，他的那些蜂箱和蜂箱里可怜的蜜蜂们来不及逃跑就全被活活埋葬了。唯一让他有些许安慰的是他从死神手里抢出了十箱蜂。无数被惊吓的蜜蜂恐惧地纷纷跑出了箱子，蜂群发出的嗡嗡声一下子挤满了山洞，在山洞里横冲直撞。它们爬满了主人的全身，头上脸上甚至耳朵上也爬着蜜蜂，不知是在感恩它们的主人，还是恳求主人的抚慰。但它们一定不知道是大黄狗报了信，主人才万幸地抢出十箱蜂救了它们的性命。

惊魂未定的郑松柏像木头似的杵在那儿，脑子里一片空白，浑身没有感觉，有几只性情暴躁的蜜蜂恩将仇报地蜇了他的脸和他的脖子，过度紧张使他忘了疼痛。当恶魔般的泥石流远去，山谷安静下来之后，他才渐渐有了意识。人一旦恢复了意识才知道可怕，发觉痛苦感到绝望。此时郑松柏的心里马上被可怕、痛苦、绝望充塞得满满的，然后这些情绪全在他的脸上和声音中流露出来了——他的脸肿了而且他哭了。他一拳砸在洞沿的石头上，手破了渗出了血他全然不知，从没如此伤心的他痛哭起来："天啊！我的蜂箱，我的蜜蜂啊……"

郑松柏是个倔强的男人，活了大半辈子的他记得成年后只哭过三回，一回是为定亲时凑不齐女方家索要的彩礼，亲事吹了，他哭了；再一回是他借了朋友的钱，他已经把钱还给了朋友，而朋友却硬说没还，他哭了；还有一回他卖掉蜂蜜在回来的途中把卖蜂蜜的钱丢了，他哭了。这三回哭，一回是为自己的婚姻而哭，一回是为朋友的诚信而哭，一回是为自己的闪失而哭。今天是他第四回哭，为九十箱蜜蜂的毁灭而哭。他是替生产队养蜂，这一百箱蜜蜂是生产队的，眼下他只抢回十箱，那九十箱眨眼就没了。那时一斤猪肉是六毛四分，一盒火柴二分，出一天工的工钱才两毛四分钱，可以想象这近万元的损失摊谁身上，谁都会吓出一身冷汗。于是郑松柏哭了。

他的哭声只有大黄狗能听见，并能感受到他的悲苦无奈，大黄狗以汪汪声去回应安慰他，吠声中也夹着惊恐和无奈。这时郑松柏才想到他的忠实伙伴大黄狗，发现它居然和自己一样死里逃生逃过一劫，一丝惊喜从他的心头掠过，他爱怜地抚摸着它毛茸茸、湿漉漉的脑袋，悲绝地对它说："小龙，天要害我呀，完啦！"

就这样，郑松柏和他忠实的大黄狗小龙还有十箱蜜蜂，在漆黑阴冷的山洞里相偎着，直到天亮。老天像顽皮的孩童，闹过之后便雨住风停云开日出了。

一夜无眠。翌日晨，脸上被蜜蜂蜇肿的郑松柏怔怔地站在山洞口，望着眼前凄惨的景象：他的九十个蜂箱和帐篷已无影无踪，黄褐色的泥石完全占据了整个蜂场，四周的紫云英大部分被泥石覆盖，幸存的蜜蜂在原蜂场的上方低空盘旋，寻觅着突然消失的家园……

他欲哭无泪，脸上的皱纹显得更深了，人也显得更苍老了。

二、托管幸存蜂

这是邻近老虎坞的郑松柏老乡柴槐根的蜂场，此地有两棵百年枫树，故叫枫树岗。柴槐根一大早就起来查看整理他的蜂箱，天终于晴了，他郁闷的心情也云开日出了。他的心情之所以能云开日出，是因为昨夜他的百余个蜂箱和蜜蜂没有遭受损失，一切安然无恙。他只觉得昨夜的风和雨比往日大些，压根儿不会想到就在离他五里远的老虎坞发生了一场泥石流，当然更不知道他的老伙伴郑松柏已深受其害。此时他蜂箱里的蜜蜂像满天星似的飞出来，正扇动着翅膀发出巨大的嗡嗡声，不停地往返采运紫云英花的蜜粉，一片繁忙的景象。他的一条黑狗像跟屁虫似的跟着他，看着他清理蜂箱里一些被饿死冻死的蜜蜂。他打算忙完后便去看看老伙计郑松柏。

郑松柏先过来了。听到狗叫声，柴槐根抬头看见大黄狗小龙正领着郑松柏来了。柴槐根问他昨夜的情况，说正想等会儿去看他呢。郑松柏沉默地走到跟前，柴槐根才发现郑松柏肿着的脸上显得异常悲伤和绝望，他吃了一惊。

“完了、完了。”郑松柏哭丧着脸叹着气说，“你这里一点儿事都没有，昨夜我落难，落大难啦！一百箱蜂，只剩十箱了！”

郑松柏把自己在昨夜的悲惨遭遇一五一十地说给他听。柴槐根目瞪口呆像听天书，两个蜂场只隔五里，一夜之间就有祸福之别？他知道郑松柏不会说谎，安慰他说这是天灾天祸，谁碰上谁倒霉躲也躲不掉，谁让养蜂这行是靠天吃饭的营生呢？认命吧。柴槐根的嘴上是同情安慰，心里却是窃喜庆幸，觉得老天无情却有眼，没对自己下手。不过老天还算手下留情，毁了郑松柏的蜂箱和蜜蜂，却留下了他的性命。人和蜜蜂比，可算大幸了。他和郑松柏都是给生产队养蜂，眼下郑松柏养的一百箱生产队的蜜蜂只剩十箱，他问郑松柏接下来咋办。郑松柏就是来跟他商量这事的。郑松柏说："我现在只有十箱蜂，养不成了，路途又那么远，这十箱蜂还有小龙，只好麻烦你照顾了，我得回去给生产队一个交代，怎么处理只好听凭他们了。"

柴槐根安慰道："这是天灾，损失虽大了点儿，但我想生产队的社员们也会体谅你的。这十箱蜂暂放我这里，你随时可以要回去，放心去吧。"

柴槐根好人做到底，知道搬十箱蜂需要借木车，觉得郑松柏肿大了脸不好出面借，他拎了瓶蜂蜜去向最近的村里有木车的人家借来一辆木车，和郑松柏一起将他的十箱蜂送到自己的蜂场。回家需要盘缠，但郑松柏原本藏在帐篷箱子里的一点儿钱，全随帐篷箱子被埋到不知什么地方去了，现在他身无分文，柴槐根掏出自己仅有的二十五元钱借给了他。郑松柏怀里揣着跟柴槐根借的二十五元钱，挥泪与老伙计和小龙告别，忠诚的小龙非要跟他回去，他一狠心拿棕绳绑了它，在小龙凄厉的叫声中快速离去。

三、替父养蜂

郑松柏到家时已是离开老虎坞的第四天了。这四天究竟是怎么过来，又怎么到家的，他都记不得了，也不知道回去如何面对家人面对生产队长和社员。他满脑子都是那夜凄惨的遭遇和场面，使得他心烦意乱。

当他在家乡的村口出现的时候，差不多已落魄成蓬头垢面的乞丐了。同村人碰见他都用奇怪的眼光打量他，用吃惊的口气和他打招呼、询问他，然后又互相交头接耳地议论着什么。郑松柏摇着头叹着气一言不发，径直走向自己的家。

“爸，您咋变成了这样子？”“松柏，究竟出啥事啦？”见到回家的父亲，儿子和女儿很惊讶；见到回家的丈夫，妻子很震惊。他们的脸上和口气满是焦急和担忧。他们原以为他路上被人劫了或没盘缠才弄成这副模样。郑松柏不想隐瞒，带着哭腔把答案告诉了他们。受了这样的大灾，仿佛天塌地陷，全家人一下子乱成了一锅粥，不知以后日子怎么过。他的妻子和女儿抽抽搭搭地哭开了。大儿子郑大忠更像被当头挨了一棍傻了眼，他刚订了亲，今年国庆节就要结婚，还等着父亲卖掉蜂蜜花粉的钱打家具、送彩礼、办喜酒呢。父亲出了事、断了财路不提，欠下的债不知要几辈子才能还清。他家的经济条件本来在村里算中上，转眼却落到全村甚至全公社最贫穷的人家，哪个傻瓜会把闺女往泥塘里拽往苦海里推呢？他断定他快到手的老婆马上要吹了，他崩溃了。第二天媒人就上门传达了女方绝情的话，如数退回了给女方的聘礼。如此变故无疑给郑松柏家雪上加霜，他的妻女哭得更酸更悲，大儿子郑大忠脸色铁青垂头丧气一言不发，郑松柏也整日唉声叹气，一筹莫展。

只有小儿子郑大为男儿有泪不轻弹，他劝慰父亲：“爸，您运气虽然不好，但不用怕，哪里跌倒在哪里爬起来，不过是几十箱蜜蜂嘛，再想办法给补回来就是了。”

郑松柏知道小儿子的意思，但经历过这次惨痛的天灾，他的信心和勇气像那九十箱蜜蜂一样全被泥石流埋掉了。他摇头叹气地说：“爸养了半辈子蜜蜂从没亏过。可爸这次栽倒了，栽得很惨恐怕爬不起来了，爸累了，还是老老实实去生产队的泥地里刨食吧。”

“爸，您咋说这样的泄气话？难道跌倒了就不能爬起来吗？您振作起来吧，有我呢！我想好了，替您去养蜂，我会把九十箱蜜蜂给您赚回来！”

年纪轻轻的郑大为极不赞成父亲放弃，他坚定地说：“咱家是养蜂世家，我是咱郑家的后代，不能眼睁睁地看着我们家的祖业断了。”

这时的郑大为差半个学期就初中毕业了，本来就盘算好等初中一毕业去找父亲养蜂。他知道蜂蜜甜，但更知道养蜂的苦和累，还有各种各样的危险和不测。养蜂全靠天吃饭，是赔是赚老天说了算。但他愿意接父亲的班继承祖业，这是他的志向和担当；另一个重要原因是他喜欢风餐露宿四海为家的养蜂人生活，那时候老师常用伟人的那句“好男儿志在四方”的话给同学们励志，郑大为大受鼓舞，觉得男子汉就该像父亲一样志在四方。眼下父亲遭难无心养蜂断了祖业，他已等不及初中毕业再去养蜂了。父亲告诉他还有幸存的十箱蜂寄存在老乡柴槐根那儿，郑大为便有了底气和希望。他想，星星之火可以燎原，何况我的蜜蜂有十箱，可不止星星之火，火苗还不少呢。

郑松柏回来的当天就向生产队队长郑乾负荆请罪了。郑乾把郑松柏骂了个狗血喷头，这次损失近万元，那绝对是个天文数字。想把这债还掉郑松柏想都不敢想，自己这辈子绝不可能还上，儿子这代也还不上，恐怕要连累到孙子重孙子重重孙子了。真是造孽哟，把子孙后代的好日子连累了……一出郑乾的家，郑松柏就给自己的脸上一巴掌。

当郑大为上门时，郑乾队长正坐在椅子上抽着旱烟，根本没把站在眼前的郑大为放眼里。

他以为郑大为来是给父亲说情的，可哪想郑大为是来向他作保证，他要替父养蜂还债。他信誓旦旦地说："队长叔，我向您保证，不出五年，还掉我爸给生产队造成的损失，请相信我……"

郑队长笑了，是讥笑："相信你？怎么相信你？你知道你爸给生产队造成的损失有多大吗？不是几十块钱，也不是几百块，而是上万块！那是生产队的全部家当！原以为你家祖辈都养蜂，就把它交给你爸，哪知……说没就没了，都是你爸造的孽……你全家恐怕几代人不吃不喝也还不了。就凭你，五年能还上？你摸摸你嘴上长毛了没有？以为我是好蒙的吗？哼，小小年纪就学会这一套！真不知天高地厚，哼！"

郑乾把郑大为训了一顿。他心里想郑大为嘴上说得好听要替父养蜂还债，摆出一副英雄气概，其实他不喜欢读书，只是想借机逃学出去玩玩而已。郑大为知道队长不可能相信自己，但他觉得心里有些话搁着难受不得不说。他振振有词道："又不是我爸吃喝嫖赌挥霍掉了，遭了天灾大祸，谁都没办法……要怨只能怨老天爷，不光害了生产队，更害了我爸和我们全家……现在我爸都快急出病了。这还不算，我哥眼看国庆节就要结婚，女方却突然变卦不嫁我哥了，我哥气得摔碗不吃饭，我妈整天眼泪汪汪……”

兴许他的话有几分理儿，郑队长不吭声了，吧嗒吧嗒地抽着旱烟，浓浓的青烟在暗淡的房间里弥漫，呛得郑大为一个劲儿咳嗽。

停了片刻，没等来队长的话儿，郑大为估计他的心多少被自己说动了，口气换成了央求：“队长叔，我家落难，一家人都这么可怜了，您行行好，别再骂我爸了，好吗？我爸说过，年底会卖掉我家两头大肥猪先给生产队还债，我去替我爸养蜂。我说过，五年之内保证把我爸欠下的债全还上，请您相信我……”

论辈分郑乾队长是郑大为的父辈，与郑大为还是拐弯抹角的亲戚。他也不是无情无义之人。郑松柏给生产队造成了重大损失，身为生产队长的他能不着急吗？那是割他身上的肉啊，所以他一见负荆请罪的郑松柏就破口大骂，一见上门又发誓又求情的郑大为也口不留情，连讥带骂。但郑大为的态度让他觉得这小子不简单。他是看着郑大为长大的，知道他的秉性，郑大为除了顽皮贪玩儿不爱读书，他的聪明、不服输的秉性在村里孩子中是屈指可数的。他觉得现在郑松柏一家垮了，只有这小子像条逆流而上的鱼儿要辍学替父养蜂还债，还保证五年还上父亲欠的债。凭这点郑乾不得不对郑大为另眼相看了。此时他心软了，嘴里的话也不扎耳了，只简简单单地说了一句：“大为，你家的这副重担只有靠你去挑了，叔希望你能挑好。”说完他的脸色便凝重起来。

说服了队长，郑大为觉得自己在出去闯荡之前搬掉了一块拦路石，兴奋地回到了家。恰巧碰上母亲在向父亲发火：“借来的米又快吃光了，我没脸去借了，要借你去借。烟能填饱肚子？一天到晚只知道抽、抽、抽！抽得满屋子都是，呛死人！蜂箱被冲走，就活不成了？你这个软蛋的男人，气死我啦！”

郑松柏木然地坐在椅子上不停地抽着旱烟，满面愁容，老伴儿命令他不许抽，并几步上前夺了他的旱烟杆往地上一丢。郑松柏像一段老松柏一动不动也不吭声，任凭老伴儿拿他撒气。郑大为告诉母亲，队长已同意自己去替父养蜂还债，不会再为难父亲了，叫她也不要拿父亲撒气了。然后说了句“我去向姑姑借吧”，他拿了只簸箕就走了。

四、冒险筹盘缠

少年郑大为要去千里外的湘西养蜂，不可能走路去，路费少不了，但家里拿不出钱给他，只能自己想办法解决。郑大为的办法想出了不少，想过借，想过上山砍柴挖草药卖钱，也想过到河里捉鱼进山溪坑抓石蛙卖钱，还想过贩卖土特产农副产品。借肯定不成，谁愿意把钱借给家里亏空得像个深潭的人？但上山砍柴太苦，挖草药又不识得草药，贩卖土特产和农副产品虽不太辛苦，但在那时属于投机倒把行为，轻者没收财物，重则把你抓起来关几天，郑大为不敢去冒这个险。而捉鱼需要渔网，没钱买渔网，只有去抓石蛙了。眼下石蛙最活跃，正是抓石蛙的好时节。抓石蛙虽无须投资空手便成，但石蛙最爱藏匿在山溪石壁洞里，得攀爬山溪坑，非常危险，更危险的是有石蛙的洞里常常有毒蛇候着你，等你手一伸进洞它就咬你一口，若是毒蛇你就死定了。但石蛙属滋补的山珍佳品，价格不菲，民间有一斤石蛙两斤猪肉之说。价贵利大很诱惑人，但敢冒此风险的却没几个，去年村里的青年常富抵挡不住诱惑上山进溪坑抓石蛙，可石蛙没抓到一只，却被毒蛇咬了一口后摔死了，血淋淋的教训把全村人都吓住了，即使石蛙再值钱，谁还敢用自己的性命去换区区几只石蛙？但郑大为敢，为了盘缠，他豁出去了。

他悄悄地进山寻到了去年常富摔死的地方。这段山溪壁高水流急洞深，是石蛙藏身的好地方，村里人都知道这儿洞多石蛙也多，常富就是冲这个才敢去冒险的。郑大为觉得常富仅凭一颗胆大的心去抓石蛙，是有勇无谋。凡事得讲策略，抓石蛙也是如此。他的策略是钓石蛙。他用细钢丝自制了一百只鱼钩样的小钩，每只钩都磨得很尖利，又从菜地里刨来石蛙爱吃的活蚯蚓和小蛐蛐儿，沿山溪溯流而上，见有水流峭壁的石洞，就在洞中投放一只或两只放了蚯蚓或小蛐蛐儿饵的小钩子，小钩子另一端的圆环上系着一条结实的细麻线，细麻线的另一头绑在近旁的小树上。一百只小钩全放完后，只等石蛙上钩。这法子还算灵验，每次他放了一百只钩子，准能捉到二三十只大小不一的石蛙，有两次还钓到了银环蛇，他不敢要，只好把它放了。每天他只钓一次，把钓来的石蛙装进麻袋，再步行四十里到县城，拿到菜市场上卖个好价钱。郑大为连续钓了五天又卖了五天的石蛙就收手不干了。他估计差不多够去湘西的路费了。郑大为用钓鱼的办法捕获了许多石蛙，等他收手不捕了村民们才知道，几个后生兴奋地学他去钓石蛙，但为时已晚，个个落空。原来多产石蛙的那段山溪被郑大为接连五天的扫荡，所剩的石蛙已经不多，这些幸存的石蛙个个老奸巨猾，知道那送到嘴边的美味是人类的阴谋，它们的父母和兄弟姐妹全因贪嘴没提防惨遭毒手，所以当别人再故技重施，这些为数不多的幸存者打死也不吃了。

郑大为巧妙地用钓鱼法成功地捉到石蛙，用卖石蛙的钱凑足了路费，第二天他就背上行囊去寻找父亲告知的湘西那个叫枫树岗的地方。

五、千里拜师学养蜂

第一次独自出远门的郑大为听从父亲的教导，先坐火车到南昌，再转坐几次汽车到湘西一个县城，再向南步行三十里，边走边打听一路寻去。可郑松柏不知道，湘西这个县叫枫树岗的地方起码有五六个，郑大为找了四个枫树岗，结果扑了四次空，前后用了四天才寻到柴槐根养蜂的那个枫树岗。但是养蜂人都是流动的，现在柴槐根的蜂场就不一定在枫树岗了，若他的蜂场真的搬走，郑大为就有苦头吃了。

也许是天意吧，郑大为还真找到了枫树岗的柴槐根的蜂场，此时，因紫云英花期快过，柴槐根正准备移场，郑大为恰巧赶上了。郑大为像迷路的孩子见到了父母一样兴奋不已，亲热地叫着“槐根叔”。柴槐根先是一愣，本以为该来的是郑松柏，可仔细一瞧才知道来的是郑松柏的小儿子郑大为。郑大为没等柴槐根开口问他来干啥，他就竹筒倒豆子，一五一十地把父亲收手不养蜂，哥哥的婚事黄了，自己如何捕石蛙卖钱凑路费替父养蜂还债，还有一路上的所见所闻等等全说了。柴槐根知道从没出过远门的初中生竟然一人瞎闯闯到这儿来了，而且不是来玩儿，是来拜他为师替父养蜂，可以想象他的勇气有多大，不得不从心里佩服另眼相看郑大为了。但他没当场答应收他为徒。他想养蜂人经受的苦常人难以忍受，怕郑大为一时心血来潮，到时苦太多累太沉，受不了打退堂鼓一走了之，便先给他打预防针让他发誓表决心——那年月，毛主席的好孩子都要向毛主席发誓表决心，柴槐根严肃认真地对他说："拜我为师做我徒弟可以，但你必须向毛主席保证：不管遇到什么样的困难和危险，你都不许哭鼻子后悔！否则你现在就回去。"

郑大为觉得槐根叔小瞧自己了，立马激动起来，并严肃认真地将拳头举到耳旁，像入党宣誓一样，认真地大声说道："伟大领袖毛主席教导我们：下定决心，不怕牺牲，排除万难，去争取胜利！现在我向毛主席保证：不管遇到什么样的困难和危险，我都不会哭鼻子，决不后悔！"郑大为的动作有点儿滑稽，柴槐根忍住笑点点头，表示同意收他。大黄狗小龙汪汪地叫着跑过来，亲热地用脑袋蹭着郑大为的裤脚撒娇，郑大为摸着它的脑袋告诉它，从今往后他要和它跟着槐根叔一起同甘苦共患难了。

机灵又肯吃苦的郑大为千里迢迢来，名义上是拜师养蜂，实际上是来和柴槐根做伴儿，还当了他的助手，让柴槐根非常开心。以前花期过了移场前出去考察花源和雇车，都是他的黑狗看蜂场，蜂箱和帐篷及家杂的装卸工作全靠自己，现在郑大为看蜂场，还帮着装卸，柴槐根轻松多了。湘西的紫云英花期过了就不能待在湘西了，眼下已到夏季，南方已没什么花源，必须往气温低的西北方向移场了。凭经验柴槐根决定向千里之外的大西北方向慢慢迁移，大西北因气候和地理位置原因每年的油菜花要到六七月份才开，如途中发现有别的花源可以就地扎营，这样一路移过去移到哪儿都可以采到油菜花蜜。柴槐根高兴地对郑大为说："红军为抗战救亡进行了二万五千里长征，我们为寻花求蜜进行了小长征，我估摸从湘西到青海有三千五百里，所以我们即将开始三千五百里的小长征了。"郑大为在学校里听过老师讲的那些爬雪山过草地啃树皮等红军长征的故事，曾经很感动也很吃惊，觉得红军个个都是英雄，当时他还想象过自己参加红军当英雄时热血沸腾的情形。现在槐根叔把他们放蜂的征程比喻成红军长征，他立马热血沸腾起来，他对槐根叔说："我们虽然也有各种艰难困苦，但想想红军两万五千里，啥苦啥难都不怕。可跟红军相比，遗憾的是我们没有敌人。"柴槐根马上驳倒了他："咋没有？偷蜂蜜的人和害我们的老天爷难道不是？还有马蜂，既是我们的敌人也是蜜蜂的敌人。我们的敌人多了去了，只是它们没有拿枪而已。"最后他总结地说，"我们养蜂人全靠天吃饭，就看我们幸不幸运了。"郑大为觉得槐根叔的话有道理，比如老天爷是看不见的敌人，一发怒就一口气吞了他爸的九十箱蜜蜂，把他爸害惨了。郑大为点头称是，心里便升腾起一股莫名的英雄气概。

当晚，郑大为第一次住进了师父又脏又臭又乱的帐篷，第一次躺在用六个空蜂箱拼成的怪床上，第一次与脏兮兮臭烘烘像乞丐样的师父同床而眠了。这时的天气已有点热，他们一人一头像父子似的相互挤躺在一起，蚊子时不时地在耳旁嗡嗡叫，郑大为并不怕脏、臭、热、挤、蚊子叮，他不是想出来尝尝养蜂人四海为家风餐露宿的滋味吗？他心里充满着新奇和向往，久久没有入睡，和师父槐根叔愉快地聊着。他问了许多问题，槐根叔像个无所不晓的智者老人回答了他所有的问题，同时还告诉他许多他不知道的事情。难能可贵的是槐根叔还有艺术细胞，他的笛子吹得很棒，他说在外放蜂空闲的时间多得是，以后教他吹笛子，这让郑大为又崇拜又兴奋，连连叫好。让郑大为欣慰的还有两个好消息，一是槐根叔告诉他父亲抢出来的十箱蜜蜂寄养在他这儿很好，前几天割过一次蜜取了一次粉卖给当地供销社了，其中有他父亲的十箱蜜蜂的蜜和粉的钱，都藏在他口袋里，若需要就给他；还有一个好消息是槐根叔给他父亲的蜜蜂分了群，已变成十二箱了。郑大为知道蜜蜂的家族成员发展壮大后要分群的，年轻的成员都会在新生的一只蜂王的带领下分离出去独立生活。郑大为非常开心，他不禁想到了“星星之火可以燎原”这句话，心里充满信心和希望。郑大为毕竟年少又疲惫，聊着聊着，聊到四更时便呼呼睡去了。

第二天他们便动身移场了。柴槐根用一瓶蜂蜜借来了一辆木车，和郑大为将一百多个蜂箱搬到公路边，等候雇好的大卡车来装运。经验丰富做事老到的柴槐根掐好时间，蜂箱和帐篷及生活用品全搬妥，过了半小时一辆大卡车就到了。师徒二人忙了半小时把货全装上了车，司机便跳上车帮忙，用几根大麻绳把车厢上堆积如山的蜂箱扎结实固定好，然后发动汽车出发了。

六、随师父移场

柴槐根曾听一个养蜂的老乡说湘川交界大山区的杜鹃花开得很迟，要到五六月间才开放，坐车上也能看见。于是柴槐根便萌生了去碰碰运气的念头。司机好说话，说雇车费按公里数算，到哪儿算哪儿。柴槐根坐驾驶室，郑大为本也可以挤在驾驶室里，但需要有人在车厢上押车，否则车上没人看着，万一蜂箱出了状况也没人知道。郑大为坐在了蜂箱上，一黄一黑的两只大狗依偎在他身旁。当汽车进了湘川交界后，坐在蜂箱上面的郑大为便兴奋起来，他像一位巡视山间农作物种植情况的巡视员两眼盯着车两旁的山上，看看远近有没有成片的杜鹃花，两只大狗便是他的随从了。卡车在山间公路盘旋慢行，人们常说山路十八弯，可这儿的山路一百八十个弯都不止。这条简易公路一个弯接一个弯无穷无尽，极像一条望不到头的长蛇，汽车便成了在长蛇身上爬行的一只甲壳虫。郑大为的头转晕了却还是很兴奋，期待着山冈上花海的出现。

大约行驶了一百里山路后，一幅像画一样的景象终于跃入了郑大为的眼帘，那满山满冈绽放的杜鹃花连成了花海，红色占大多数，紫的白的还有黄颜色的杜鹃花掺杂其间，成了点缀花海的最绚丽的亮点。

郑大为激动地忙俯身拍着驾驶室后视玻璃窗，大喊：“师傅，快停车！快停车！”

卡车“嘎”地停下。司机探出脑袋问：“小鬼，大喊大叫的干吗？”坐在副驾驶室座上正闭目养神的柴槐根被震醒了，柴槐根也不悦地大声嚷嚷：“大为，啥事这么急？”

郑大为说：“您看，这山上到处都是杜鹃花，是放蜂的好地方。”

柴槐根揉了揉惺忪的眼睛放远一看，两旁的山上红艳艳的一大片，像彩霞般灿烂，也禁不住惊叹起来，大手一挥命令道：“就在这儿安营扎寨啦！”

就这样，他们把小长征的第一站选在湘川交界一个不知名的大山里，然后一站一站地向青海转移。

七、扎寨青海

当他们第三次转移到青海时，已是三年之后的事了。那时青海南边地区正是油菜花开时节。

一辆满载黑漆漆蜂箱的卡车沿山乡公路驶入青海南面一个山区，郑大为在一黄一黑的两只大狗陪伴下，坐在车厢里高高的蜂箱上。现在他已从少年成长为小伙子了。此时他不只是个默默押车的小伙子，还是一个知道浪漫的文艺青年了。他不仅从师父那儿学会了养蜂，还学会了吹笛子，他一路上快乐地吹着笛子。虽然笛声不怎么悦耳动听，但非常洪亮，跳动着欢快的音符，身旁躺着的一黄一黑两只大狗便是他忠实的听众了，偶尔还有几只鸟儿追随着在他头顶上绕飞，几只从蜂箱里钻出的蜜蜂一直绕着他飞舞着，有的竟落在他的头上和身上，他却浑然不知。两只大狗是否懂得欣赏就不得而知了，但笛声一定让它们欢喜，它们和郑大为一样，不再像往日被又苦又乏的旅途折磨得心烦气躁疲惫不堪，平静得像坐在自家门前一样。

一连吹了五支曲子，兴许有点儿乏了，郑大为便停下注意起四周的景色来。真是好运当头，他抬头朝前一望，嗬，前面便是满田满垄开着的黄灿灿的油菜花，如一片片金色的祥云飘浮在田垄山坞间，好一幅迟暮的西北春光图！郑大为立马兴奋得不顾车子的摇晃站起来，举起双手像个诗人发出无限感慨：“啊，好一片金色的花海哟，你是天边的晚霞，多么壮观美丽啊！”

不知是受郑大为的朗诵诗感染，还是突然意识到这里是放蜂的好地方，柴槐根赶紧叫停了汽车。他打开车门跳下车，爬上一座土丘，高高地站着，双手叉腰极目远眺，像一位勘察地形摆设战场的指挥官。山野上开着的油菜花层层叠叠无边无际，他情不自禁地合上嘴巴做了一次深呼吸，香气扑鼻，仿佛是用鼻子测试这片油菜花里能割几斤蜜收几斤粉。当携带着油菜花香的空气缓缓地从他鼻孔里流出时，他满意地笑了：“不错！花儿刚开，若在这儿做蜂场，可待上个把月，确实是个好地方。就这儿吧！”

不用柴槐根招呼，郑大为已经一骨碌跳下车站在了师父的身后，他夸赞道：“师父您真有眼光，青海这地方和我们南方就是不一样，现在我们那儿是炎热的夏天，可这儿仍然春天般的温暖。”接着他用英雄所见略同的口气说，“像这样宽阔的花海该有两三百亩吧，确实是个放蜂的好场所。”

一条机耕路像一条腰带绕山而去，郑大为跟随师父朝机耕路走去，很快便发现了山脚下有块平坦的草坪，看样子是块地基，也许有人原想在此盖房，后来不知何故放弃了，在此设场最好不过了。两人立马返回让司机沿机耕路把车开进草坪，这下司机不干了，他说机耕路窄且路基不牢固，万一陷下去就惨了。柴槐根觉得司机多虑了，他用脚丈量了一下机耕路宽度，比汽车两轮的距离起码宽一尺，再仔细观察并用脚使劲踩，觉得路基还算扎实，只有几处路沿往下凹了点，但填上土石还是能过的。阅人无数的柴槐根心知肚明，司机说路窄，路基不牢固过不去是托词，只是想趁此机会捞点儿外快而已。这下柴槐根必须大方点儿才能办成事，于是他向司机许诺不会亏待他。司机明白货主话里的意思，勉强爬上驾驶室发动汽车。

司机小心翼翼地开着汽车，郑大为和师父在前面手忙脚乱地用铁锹锄头往机耕路沿的凹处填土石。汽车像巨大的甲壳虫缓缓向前移动，最后顺利地到达草坪边。

司机像换了个人似的主动帮忙卸货，等蜂箱全卸下后，柴槐根多给了五块钱让司机买几包烟抽。司机乐呵呵地把钱揣进口袋，本该柴槐根谢他，他却像个老朋友似的握住柴槐根的手连连致谢，说柴槐根是个爽快的雇主。车开走后，郑大为和师父一起整理蜂箱并将它们排列成矩形状，他们边干活儿边议论司机，郑大为触类旁通地说："有钱能使鬼推磨，今日我们是加钱能使鬼开车。"柴槐根马上纠正他的话："可不能这么乱说，第一，司机是人不是鬼，第二，我们没叫司机干坏事。"郑大为觉得师父批评得对，自己的比喻确实不恰当。这时连续饱受了数日旅途之苦的蜜蜂们知道终于到家了，迫不及待地从蜂箱里拥出来，快乐地"嗡嗡"地叫着，飞舞着，朝他们绕了几圈后，便迅速扑向弥漫着芳香的油菜花海。

两人将蜂箱整齐地排成形后，才去搭他们睡觉的帐篷。他们栖身的帐篷和帐篷里的床简陋得很，帐篷用几根木棍支撑，床用六个蜂箱拼成。干完这一切已近黄昏，他们忽然觉得体乏肚饥了，柴槐根便让大为去捡干柴，他自己找了几块石头造土灶。他们有米无菜，趁郑大为捡柴火空隙，柴槐根跑到田间地头去寻野菜，寻来找去只在田埂上找到几丛叶片上长刺的蒲公英，采回后洗净放在钢精锅里，等大为拾柴回来用水焯烫片刻去苦涩味，再捞起切丝放铁锅里炒。郑大为背着一捆干柴回来，柴槐根立马点火做饭。他们这餐饭花了四十分钟才做好，虽然只有一个味苦涩口的蒲公英野菜，但又饿又累的他们吃得很香，一口气便吃了个精光。他们只给两只大狗各一块干粮，它们饿得连味儿都没闻，一口就吞下了，但并没吃饱，接下来还要忍受饥饿的折磨。不是主人小气，实在是粮食紧张，他们也常常断粮，只好如此了。它们本来可以溜出去寻找食物，但职责所在不敢脱岗，等守完夜天亮后，主人才允许它们离开蜂场。

八、深夜村里来人干涉

这是他们这次来青海过的第一个夜晚。帐篷外皓月当空，风轻虫鸣；帐篷内，两个人早早便挤躺在用六个空蜂箱拼成的床上。这张床除了睡觉还有储藏功能，杯盘碗筷、瓶瓶罐罐等生活用品，锄锹锤及取蜜机等杂七杂八的生产用具就放在“床”里。帐篷搭好后，这些东西就把帐篷挤得满满当当，只留下可移步的空隙。

连续数天的奔波，疲惫得快散架的师徒俩没兴致欣赏青海宁静的夜晚，躺上床聊了几句就呼呼入睡了。一黄一黑的两只狗饿着肚子，忠实地睁着眼睛守护着蜂场。

可他们刚躺下不一会儿，帐篷外突然传来两只狗的叫声。柴槐根先被吵醒了，他以为是狗饿了在乱叫发牢骚，闭着眼骂了句：“畜生！刚睡着，吵死啊！”便又侧身睡去了。

可是两只狗越叫越凶，柴槐根觉得有点儿不对劲，平时不是这样的，表示肚子饿只是有气无力地哼叫几声，绝不会如此费力固执地狂叫，一定是外面有事了。柴槐根脑子里蹦出来的第一个念头便是偷蜜贼，他警觉地踹了下另一头睡得像死猪一样的郑大为：“快醒醒，外面有贼！”郑大为一骨碌爬起，问他：“真的？来了吗？”柴槐根右手握木棍左手拿手电筒走出帐篷，郑大为也随手抄起一把铁锹紧随其后。未等柴槐根喊话，便传来极不友好的警告声：“帐篷里面的人听着：这里不能养蜂，赶快搬走！”

柴槐根一愣，原来来的不是偷蜜贼，而是这片油菜花的主人，不知何故夜里跑来驱赶他们。郑大为急了，很不服气地对师父说：“咱们没偷没抢，就在这儿放放蜂，凭啥要赶咱们？难道就因为没送蜂蜜给他们吗？”他的问题柴槐根没时间回答，月光朦朦胧胧的，柴槐根用手电筒往说话声处一照，只见离帐篷十几步外的机耕路上站着两个男子，一高一矮，高的男子手里拿着一人多高像手臂一样粗的木棍，吓唬着向他们狂吠不止的两只狗；矮的男子像个小领导，他空着手，指着站在帐篷旁的柴槐根和郑大为，在责问又像在威胁：“谁叫你们把蜂箱摆这里的？谁同意了？马上搬走，否则，将你们的蜂箱没收！”

柴槐根毕竟是个老江湖，赶紧把手电筒移到别处，喝住两只狗。为让这两个当地不寻常的陌生人知道自己没有怠慢他们，他故意大声地呵斥两只狗：“畜生！没长眼睛没长耳朵？！贵人来了还这么凶地乱叫？再叫我踹死你们！”两只狗不知主人为何发这么大的火，不敢再叫了，委屈地退到帐篷口站在郑大为的腿边。柴槐根骂过狗后，便打着手电筒像老朋友似的热情地迎上去。师父变脸让郑大为大惑不解，不知道为啥要如此讨好这两个陌生人。

柴槐根走到他们面前，笑嘻嘻地掏出一包大前门烟，抽出两支递过去：“两位兄弟，先抽支烟。”

两个男子没接，相互看了看，好像在互问对方这烟该不该拿。矮个子突然像意识到什么，问他是什么成分？柴槐根脱口而出说是贫农。高个子问他有介绍信吗？柴槐根说有，藏帐篷内的箱子里，叫他过去看，高个子怕狗，便说不用了。这时矮个子才接了烟，高个子也跟着接了。柴槐根忙用打火机打燃火凑上去给两人点上，烟雾立马从两人的嘴里鼻里喷出来，这时矮个子打起了官腔，像在审问：“你们是哪里人？谁叫你们在我们这里放蜂的？谁同意了？”高个子也装腔作势地说：“是啊，你们在这里放蜂我们怎么不知道？”

柴槐根像做错事的孩子笑眯眯地解释道：“对不起，没人叫我们放蜂，也没经谁同意。我们从浙江大老远跑来，看到这儿的油菜花又好又多，觉得正是放蜂的好地方，就自作主张地把蜂场摆这儿了。也不知道这儿是你们的地方，多有得罪，请多多包涵。”

矮个子几口就把烟抽成了烟蒂，把烟蒂一扔，严肃地说：“也不问问是谁的地方，人家同不同意，就擅自占用了，你们也太目中无人了！请你们搬走吧。”

柴槐根立马又递烟又央求：“你们行行好，我们从大老远来不容易，刚刚把蜂箱和帐篷弄停当，就让我们待几天吧，十天后我们保证搬走。”

高个子望了望矮个子，见矮个子没再接烟也没吭声，也把抽剩下的小半截烟扔在地上，瞪着眼自做主张道：“不行！”

柴槐根忙把烟递给高个子，这回高个子不接了。柴槐根再次央求道：“十天不行，那就五天吧？”

高个子摆出一副盛气凌人的模样：“一天也不行！”

一直站在帐篷旁的郑大为觉得这两个不明身份的人欺人太甚，愤然插上一嘴：“我们放了那么多年的蜂，天南海北走了那么多地方，只要合适的地方我们就在那儿做蜂场，根本没人来干涉……”

郑大为的话有点儿刺耳，高个子用手电筒照了照郑大为，想看看是什么人敢如此这般，发现是个像高中生的男孩，便讥笑他："嘿嘿，一个毛小孩是跟你爸出来玩儿的吧，也敢说放了那么多年的蜂？跑了那么多地方？靠边去，这里没你说话的分儿！"

郑大为不甘示弱地回敬他："我也是养蜂人，为啥没分儿？只许你们欺负我们外地人，却不许我说话，岂有此理！再说你们说这油菜地是你们的，你有证据吗？"

听到郑大为的话，高个子一下子恼了，指着他大声嚷道："什么屁证据，这油菜地就是我们的！你们连招呼都不打就安营扎寨，只有土匪强盗才这么霸道！你们是土匪是强盗吗？"

柴槐根在黑夜里瞪了郑大为一眼，郑大为看不见，却听见师父的训斥："大人说话年轻人别插嘴！"接着他委婉地向他们表示歉意，居然对比他年龄小的高个子说："老哥，别跟愣头青一般见识。您消消气。我们没和你们打招呼是我们的不对。现在既然你俩来了，那就进帐篷商量商量吧？"

高个子像突然被蜂蜇了似的打了个激灵，没好气地说："哼！想让你们的蜜蜂蜇死我们啊？你安的什么心？"

柴槐根苦笑道："你这位老哥怎么这么说话呀，我只是想让你们进去坐坐。你俩不想去，在这儿商量也行。"随后又补上一句："蜜蜂晚上是不蜇人的。"

高个子根本不讲理，拉下脸来，咄咄逼人地下了逐客令："你们必须立即搬走，没得商量！"

"立即？现在？"他们的过分要求也让柴槐根气愤起来，口气也强硬起来了，"黑咕隆咚的伸手不见五指，怎么搬？搬哪里去？这不是太欺负人了！"

看来一高一矮的两人是对好搭档，一个唱红脸一个唱白脸。唱红脸的矮个子这时开口了："老哥，也不是我俩要为难你。

实话告诉你吧，是我们生产队的关厂长不让你们放蜂。我俩只是奉命行事，请理解。”

嘴皮磨来磨去，原来他俩是来执行任务的，来了两个小鬼，庙里还有一尊神，本打算弄两瓶蜜打发这两个小鬼，看来现在不行了，关键是要供奉庙里那尊神。柴槐根不知他们的关厂长究竟何意，问道：“为啥？”

高个子理直气壮地抢答道：“蜜蜂会蜇人，还会造成油菜减产！有这两条还不够吗？！”

乍听起来蛮有道理，但柴槐根知道不了解蜜蜂的人才会这么说的。他苦笑道：“蜜蜂平时你不惹它，它是不会轻易蜇人的。你们看，我俩不是天天生活在蜜蜂群里吗？它们也没蜇我俩呀。而我们的蜂场离你们村远着哩，蜜蜂怎么会飞那么远去蜇人？至于养蜂会造成油菜减产，说这话的人其实是不懂科学……”

矮个子脸色骤变，厉声责问他：“你说什么？不懂科学？那是我们关厂长说的，你敢说我们关厂长不懂科学？”

柴槐根一下子意识到自己一时语失得罪了他们，只好尴尬地解释道歉：“对不起，你们误会了，我不是这个意思……”

“好啊，你竟敢小瞧我们关厂长！”高个子不容他解释，像逮着了机会连珠炮似的反击他，“你不是这个意思那是啥意思？难道说别人的蜜蜂会蜇人，你的蜜蜂就不会蜇人？蜜蜂采了油菜花的蜜和粉，那是油菜的精华，被你们的蜜蜂采走了，难道不会造成油菜减产出油率低吗？你这是强词夺理！我们是种田人，别想蒙我们！”

郑大为气得又想插嘴，却被柴槐根用手制止了，然后示意他去取点蜂蜜来送给他们。郑大为用方言骂了声“狗腿子”，不料让高个子听见了，他凶巴巴地问郑大为刚才说的是什么意思，郑大为立马嬉笑道："没什么意思，等下你就明白了。"说完就很不情愿地走进帐篷灌蜂蜜去了。高个子猜测郑大为说的"等下你就明白"可能是好事，就闭嘴不言了。

柴槐根觉得是秀才遇到兵，有理也说不清了。他无奈地赔着笑脸恳求道："两位老哥，你们看这样行不行，我们大老远跑到你们这儿放蜂真的不容易，刚落下脚就叫我们搬，是不是太急了点儿，我想找你们关厂长说说，通融通融，让他给个方便。"

高个子正要拿话顶撞他，月光下看见郑大为一手一瓶拿着蜂蜜从帐篷里出来，马上把话咽了回去。矮个子也瞧见郑大为手里的蜂蜜了，立马显得友好起来，脸上露出笑意："老哥，我们知道你们千里迢迢跑来放蜂很不容易。你若能说通我们的关厂长，我们绝不为难你们。"

说罢，矮个子顺便告诉他关厂长是村里粮油加工厂的厂长，自己姓刘，是副厂长。柴槐根这才知道关厂长为何如此关注油菜，原来担心油菜减产影响出油率。看来准不准自己在这儿养蜂，还得关厂长说了算。

郑大为把两瓶蜂蜜交给柴槐根，柴槐根一人一瓶送给他俩，然后客气地说："这是我们刚割的蜂蜜，很新鲜，给你们尝尝。"高个子和矮个子不客气地收下。

高个子像忍不住嘴馋的孩子迫不及待地打开瓶盖，用手指蘸了点瓶里的蜂蜜放嘴里吮，高兴地叫起来："甜，真甜，还有一股清香。好蜜啊！刘副厂长你也尝尝吧。"

被称作刘副厂长的矮个子没尝，但像尝过似的满意极了，话里充满着情谊："谢谢！我们走了。哦，我叫刘裕龙，他叫关方义，你叫什么？明天我们带你们去找关厂长，我俩也会给你说好话的。"

柴槐根知道是自己的两瓶蜂蜜让他们的话变甜了，一场危机可算化解了一半，便高兴地说："我叫柴槐根，他是我徒弟，叫郑大为。谢谢你们！"

高个子和矮个子走后，郑大为朝他们的背影"呸"了一口，道："简直是两只文盲狗，连蜜蜂采蜜授粉的道理也不懂；嘿嘿，看似凶巴巴，给块骨头就摇着尾巴走了。"

九、拜见粮油加工厂厂长

第二天一大早，柴槐根就带郑大为去拜访关厂长了。两人打听到这个地方叫灵山村，离蜂场五里路。到了村里，他们先找到村粮油加工厂副厂长刘裕龙的家，刘裕龙又把他们带到了村粮油加工厂厂长关秋山的家。郑大为跟在他们的后面，手里拎着用报纸包着的两瓶蜂蜜。

关秋山坐在堂屋的一把祖传的太师椅上抽着旱烟，烟雾像条蛇从他的烟袋里蹿出，升腾到屋梁上才散去；他的老婆坐在一旁挑拣着豆子。刘裕龙带着柴槐根和郑大为进来，关秋山视而不见地只顾自己抽烟，刘裕龙笑眯眯地向他汇报："关厂长，这两位就是我昨晚向您汇报过的外地来的放蜂人，从浙江来，成分是贫农。我已把您的意思告诉他俩。他俩从大老远跑来也不容易，您看能否……"

柴槐根赶紧给关厂长和刘裕龙敬烟，也笑眯眯地说："关厂长，昨天我们的心太急了点儿，没征得您同意就用了您的地盘，请您大人不计小人过，高抬贵手。"柴槐根给郑大为递了个眼色，郑大为把两瓶蜂蜜放到饭桌上。柴槐根笑着说："关厂长，这是我们自产的蜂蜜，给您尝尝。"

那年月的蜂蜜可金贵了，不容易弄到，不花一分钱便有人乖乖地送上门，关厂长心里乐着，可表面却不动声色。他的老婆乐坏了，立马站起来像看稀罕物似的看着瓶里的蜂蜜，还用手摇了摇，再揭掉盖子放鼻下闻了闻，称赞说真香，然后用手指小心地在瓶口沿刮了下，再把手指放嘴里吮，喜滋滋地夸奖个没完：“真香真甜！你们真客气。蜂蜜是好东西，清凉排毒，我的两个儿子都上了火嘴唇起了泡，蜂蜜正好可以派上用场。”

关厂长一直沉默不语，见柴槐根送来的两瓶蜂蜜可以给两个儿子清凉排毒，让老婆高兴成这样，也受到了感染，终于开了口：“本来你们大老远跑来，是我们的客人，理应受欢迎。可你们养的蜜蜂会蜇人，我们村民要路过你们蜂场，有的要到蜂场附近的田里干活儿，很容易被你们的蜜蜂蜇伤；另外，我们村虽离蜂场有几里路，但你们的蜜蜂也会飞到村里来，这样我们村民就有被蜜蜂蜇伤的危险。还有啊，我们的油菜花被蜜蜂采了蜜和花粉，油菜籽还不减产吗？所以说你们在我们这里放蜂不仅会蜇伤人，还会造成我们油菜生产的损失，菜油自然就少了，群众意见很大，我们没有办法，只能请你们搬走。”

柴槐根心想我们刚来就群众的意见很大，该是你关厂长的意见很大吧？对了，昨晚刘裕龙明明说是你关厂长这么说的，现在却把意见推给群众了，看来这个关厂长有点儿滑头。这时刘裕龙也插了嘴：“我也是这样跟他们讲的。可他们就是不听，还说蜜蜂不会主动蜇人，也不会使油菜受损失减产。”

“嗯？是这样的吗？”关秋山狐疑地望着柴槐根，那意思是把自己当三岁小孩哄吧？柴槐根知道他们对蜜蜂一无所知，便不紧不慢地像老师给学生上课似的给他们讲解起来：“是的，关厂长，您不知道，蜜蜂是不会主动攻击人的，因为它蜇了人自己就没命了，要不是人把它惹急了，它才不会拿性命去蜇人呢。”

“等等，你说蜜蜂不主动攻击人我信，可你说它蜇了人自己就没命了，怎么解释？”

看样子关厂长来了兴趣，柴槐根心里乐了，觉得是到了跟他讲理的好时机。但他不急着解释，像老师对学生一样先提了个问题，问他有没有被蜜蜂蜇过。关厂长摇摇头，刘裕龙也摇摇头，但关厂长的老婆像知道答案的学生兴奋地叫起来：“去年我在油菜地里拔猪草时被蜂蜇过，但是不是蜜蜂就不知道了，反正我的手背很疼，还肿了。”

柴槐根问她被蜇时油菜花开了没有，她说开了，跟现在的时候差不多。柴槐根立马断定蜇她的是蜜蜂。又问她像针样的尾刺拔出了没有，她说拔了。柴槐根再进一步问她有没有发现它的尾刺根部粘着点白色像脓一样的东西，她吃不准地说好像有又好像没有。柴槐根肯定地说应该有，那粘着白点像脓样的东西就是蜜蜂的肠子，它的尾刺连着肠子，当它蜇了人后尾刺就拉断了肠子，这样蜜蜂过不了多久就死了。柴槐根推断说，这是她不小心连草带蜂一起拔才被蜇的。柴槐根的讲解和分析让他们像听奇特的故事似的竖着耳朵，关厂长的老婆说原来觉得自己委屈蜜蜂可恶，现在倒觉得蜜蜂可怜了。这时关厂长对蜜蜂的话题产生了兴趣，又提出了另一个问题：为啥说蜜蜂采了蜜和花粉不会影响油菜生产？柴槐根告诉他，蜜蜂采蜜采粉，其实对粮食作物是有好处的，这叫昆虫授粉……

蜜蜂蜇人后会献出自己的小命，这点关厂长似乎有点儿信，但说蜜蜂采蜜采粉对粮食作物有好处，他不会轻易相信，且警觉起来，口气也不友好：“得了，别想糊弄我！你养蜂人当然只说蜜蜂的好了，就像养蛇的人说蛇好一样。你说蜜蜂采蜜对粮食有好处，鬼话，我又不是三岁小孩。油菜花上的蜜和花粉都是油菜的精华，被采了有啥好处？打个比方吧，要是把人身上的精血抽掉，你敢说对人有好处？人不生病才怪哩。”

关厂长的变脸和不恰当的比喻让郑大为心里极不舒服，心想我们花了本钱白送你两瓶蜂蜜还不领情讲这样的话，太气人了，便插嘴辩解道：“关厂长，蜜蜂怎么能和蛇比呢？蜜蜂采蜜采花粉和抽人精血也完全不是一个理儿……”

不等他说完关厂长也生气了：“难道我说错了？啊？不服气的话，现在就叫你们搬走！那两瓶蜂蜜你拿走，我不稀罕！”

情况急转直下，柴槐根感觉不妙，扭头对郑大为瞪眼责骂道：“大为，你这臭小子怎么可以这样和关厂长说话？快向关厂长道歉！”

郑大为觉得自己话没说错道啥歉，柴槐根一时拿执拗的郑大为没办法，刚想替他道个歉，关厂长不耐烦了，口气强硬地下了最后通牒：“不用！限你们三日内必须搬走！”

看来已无挽回余地了。柴槐根心想这回遇上硬茬了，搬肯定要搬的了，但千辛万苦的刚落脚就要被撵走，柴槐根觉得三天时间太短太紧张，只能低声下气地恳求：“关厂长，和您商量一下，能否让我们多待一些时日？”

关厂长不留情面态度很坚决：“没得商量！给你三天已是很照顾了。假如三天后还不搬的话，蜂箱没收！”

看来关厂长给了三天算是照顾的了，再与他磨嘴皮也是瞎子点灯白费蜡，柴槐根只好用求助的眼神去看关厂长的老婆。关厂长虽不稀罕蜂蜜叫郑大为拿走，但这两瓶蜂蜜在他老婆眼里已拔不出来了，她的脸上挂着讨好的笑，像讨好柴槐根又像讨好丈夫，她知道丈夫的脾气，本想劝几句，但话到嘴边又咽下了。

郑大为不愿在关厂长家多待一分钟，悻悻然地催促师父快点走。他们走时把两瓶蜂蜜留在桌上，关厂长的老婆客气地把他们送到门外。

郑大为刚跨出门槛，岂料，一个姑娘笑嘻嘻地迎面走来，差点儿和他撞上。郑大为抬头瞟了她一眼，心里不禁暗叫了一声：姑娘好漂亮！大眼睛、白皮肤、长辫子，活泼又可爱，长得像仙女一般。她也不经意地瞟了郑大为一眼，似乎还对他笑了一下，郑大为顿时脸红心跳，马上后悔没在关厂长家多待一会儿。

十、恋上厂长女儿

人就是这么怪，那个关厂长极不友好地要赶他们走，郑大为心里便有了对关厂长的厌恶，但走出关厂长家门时仅见了关厂长女儿一面，心里便开始有点儿乱，甚至想入非非了。这个傲慢无情的关厂长居然有这么一个仙女般的女儿，他心里渴望能再见到这位美丽的姑娘，甚至还想再去她家。所以，他极想在此地多待一些时日。但关厂长只给了他们三天时间，柴槐根为此事已焦头烂额，刚花了一大笔钱雇车运到这里才安置停当，本想等蜜蜂采蜜采粉后卖钱的，可现在蜜没割一碗粉没刮一匙就要移场，花钱雇车不说，人生地不熟又在偏僻的山区，仅三两天的时间，能雇到车吗？极少沮丧叹气的他这回没辙了，嘴边老挂着一句“这咋办呢？”烦闷得连饭也懒得管了。但饭还得吃，只有郑大为动手张罗了，他淘米做饭，还去采难吃的蒲公英来做菜，做好饭菜再劝师父吃饭。师父没胃口不想吃，郑大为知道师父心里仍为移蜂场的事烦心，边吃边气愤地骂道：“碰上这个愚昧的厂长，算是倒大霉了！”

郑大为的骂声像鱼饵引来了鱼，把沉默不语的柴槐根引出话来：“也真是的，这么简单的理儿他就是听不进去，非要赶我们走。我们能去哪里？好不容易找到这么好的花场放着不用，太可惜了。”

郑大为想到了送出去的四瓶蜂蜜，其中两瓶送了关厂长没奏效，觉得是做了一笔亏本生意，好可惜，摇着头叹道：“唉，太没人情味了，白送了两瓶蜂蜜。”但转念一想又觉得蜂蜜不能这么白送，更重要的是他极想再见见那个一见钟情的姑娘，所以赖也要赖上一阵子。他不知师父有无此想法，便用激将法试探一下师父，故意说:“不求他了，槐根叔，咱们明天就走吧。”

果然柴槐根的想法正中他的下怀，柴槐根说：“你以为是提个袋子那么轻松？移蜂场太折腾人了。好不容易遇到这么好的地方，还没好好歇歇就走，我不甘心！”

郑大为继续问他：“槐根叔，您想怎么样？”

柴槐根斩钉截铁地说：“拖！”

这时郑大为装出非常担心的样子，再想探探师父的想法:“关厂长能让我们拖吗？他不是威胁说，三天不搬走就要没收我们的蜂箱？假如蜂箱真被他们没收了，我们就惨了。”

柴槐根稍迟疑了一下，说出了他的想法：“先拖几天再说。假如他们真来捣乱，就再送他们几瓶蜂蜜，关厂长那边送蜂王浆。俗话说‘吃人家嘴软，拿人家手短’，关厂长也不至于那么绝情吧？”

师父对关厂长产生了幻想，郑大为却不以为然地说：“我觉得关厂长有点儿霸道，难说！”嘴上虽这么说，他心里其实也和师父一样有了幻想。

夜里，郑大为和柴槐根同床异梦，柴槐根想的是怎么去对付关厂长这伙人，怎么让他们放自己一马能在这里放蜂。郑大为想的全是在关厂长家遇见的那个大眼睛、白皮肤、长辫子，活泼可爱像仙女的漂亮姑娘。入睡后还做梦，梦里也全是那个姑娘，她还对他笑哩，心咚咚地跳。十八岁的他对异性有种莫名的幻想，但能让他心跳的女人只有三个，一个是县婺剧团来公社演革命样板戏《红灯记》，戏中李铁梅的扮演者，她的大辫子唱腔风采让他想入非非心跳了好一阵子；另一个是担任他小学语文老师的女知青，也是白皮肤大眼睛，还爱拉风琴唱歌，上课的时候他盯着她看，心里咚咚地跳；让他心跳的第三个人便是这个关厂长的女儿了。三个漂亮的女人都让他心跳过，但感受却不一样，那个扮演李铁梅的漂亮女演员让他觉得她是一个不屈不挠勇敢无畏的女英雄，喜欢中更多的是崇拜；那个漂亮知青女老师的讲课和唱歌的声音让他如痴如醉。而关厂长的女儿模样有点儿像他初中班里的一个女同学，但比他那个女同学漂亮十倍，他对那个女同学没有什么感觉，连多看她一眼也不愿意。现在关厂长的女儿钻进了他的心里，很快便挤走了李铁梅和那个知青女老师。他不知道自己为什么会对她如此着迷眷恋，莫非这就是人们常说的一见钟情？

十一、节外生枝

关厂长的老婆是个善良的女人，两个放蜂人被丈夫赶走后，觉得对不住人家，便试图说服丈夫，女儿关云英也站在母亲一边，帮着劝父亲。关厂长平时最宠爱这个宝贝女儿，女儿的话他多少得听，否则她就要脾气不理他，所以他犹豫了一下答应放宽政策，可以让外地来的养蜂人多待些时候。

可关厂长刚答应母女俩的要求，不一会儿就节外生枝出事了。一个中年女子拉着一个哭哭啼啼的小男孩急匆匆地来到关厂长家，人没进屋声音就先到了："关厂长，您可要给我们社员做主啊！"

这时关秋山一家人正围坐在一张饭桌旁吃饭。进来的是本村被称为大喇叭的刘桂花，她一进门就唠叨个没完，还不停地指着小男孩的脑袋说："你看看，我儿子让该死的蜜蜂蜇了，都肿起来了！"关厂长一家这才弄明白是怎么回事。刘桂花指着小男孩的额头，上面果然肿成了一块像没发酵透的面包，盖住了半只眼睛。关厂长的老婆有点儿经验，关切地问她："蜂刺拔出来了吗？"

"拔是拔出来了，但肿还是消不掉，我担心孩子的眼睛会不会弄瞎，人会不会傻掉。"刘桂花忧心忡忡，恳求道："关厂长，快把那两个养蜂的外乡人赶走吧，不然，还会有人被蜂蜇的。"

关云英和母亲同时望着关秋山，此时她们的心情一下子被刘桂花搞复杂了，她们知道人命关天，无论怎么劝都无济于事。关秋山看也不看她们母女就发起火来："怎么搞的？三天前我就让他们搬走，怎么还没搬走？"

刘桂花愤然说："他们的蜂箱还在哩，我儿子就是被他们的蜜蜂蜇的。"

关秋山安慰道："你放心，等我吃完饭，就叫人去把他们赶走！"

刘桂花满意地带着儿子走了。关秋山底气十足地对刚才还劝他的母女俩说："看见了吧？还能让他们在我们这儿放蜂？"

他的老婆记起了柴槐根说过的蜜蜂不会主动蜇人和蜇了人就没命的话，轻声地提出了一个假设："该不会是桂花儿子去打蜜蜂了才……"

关云英也帮腔说刘桂花的儿子是个调皮鬼，准是他去蜂场打了蜜蜂，蜜蜂为正当防卫才蜇他的。

对母女俩的假设关秋山已不再去辩驳了，他觉得只要影响到社员群众生命财产安全的问题就是大是大非的原则问题，原则问题必须坚持，没得商量！

十二、最后通牒

蜂场这边一派喜人的景象：一望无际的金黄色田野上，上百万蜜蜂大军正在金色花海中忙忙碌碌地采蜜采粉和不停地运送。蜂场上，黑压压的蜜蜂发出嗡嗡声，被无数蜜蜂围绕包裹着的郑大为和师父正戴着面纱罩打开每个蜂箱查看巢脾里的酿蜜贮蜜情况。见到巢脾里贮满晶莹闪亮吧嗒吧嗒往下滴的蜜汁，郑大为兴奋地叫起来：“嘿，槐根叔，蜜蜂都快把巢脾喂饱了，明天就可以割蜜了吧？这儿油菜花的蜜汁真多啊，要是能待上一个月，割个两三百斤蜜不成问题。”

柴槐根满脸遗憾地说：“我也这么想啊，可关厂长的期限到了，说不定生产队今天就来人赶我们了。”

话音未落，黑狗和黄狗突然叫起来，几乎同时传来了急切的喊声：“——喂！柴老哥，怎么还没搬走啊？马上搬走！”

柴槐根、郑大为同时抬头循声望去，只见刘裕龙和关方义远远地站着，关方义还比画着手，像是赶的意思，显然是代表关厂长来下逐客令的。

“糟了，说曹操，曹操就来了。”柴槐根嘟哝了一句，摆出一副无可奈何的样子央求道：“刘副厂长，方义老哥，你们看这儿的花蜜又多又好，才三天就可以割蜜了。和你们商量商量，高抬贵手，再让我们多待几天吧。等我们割了蜜，再送你们几瓶。”

“不行！得马上搬！”关方义立马变脸，用不容商量的口气说，“我们村有个小孩儿被你们的蜜蜂蜇了，现在脑袋都肿了。关厂长很生气，他吩咐过了，如果你们今天不走，明天就派民兵来没收你们的蜂箱。听清楚了吗？”

刘裕龙强调道：“我们关厂长说一不二，你们看着办吧，到时别后悔哦。”

柴槐根的心里咯噔了一下，和郑大为面面相觑，郑大为摇摇脑袋表示无计可施，柴槐根只好向他们求饶：“可你们这么急，只给我们一天时间，往哪儿搬呀？再说，我们去雇车也需要时间嘛，可否再宽限几天？”

刘裕龙的脸完全拉下来了，下了最后通牒：“我们急？你们刚来时就给你们三天的期限，可你们只当耳边风，现在你们的蜜蜂蜇了人，就不能再容忍了，没找你们算账算客气了。明天必须搬，否则别怪我们不客气！”

两人警告过后便转身走了。

郑大为生气地把一片巢脾扔到地上，恼怒地说：“欲加之罪，何患无辞！说是小孩儿被我们的蜜蜂蜇，我看八成是借口！”箱里的蜜蜂受到惊吓，“嗡”地冲出来到处乱飞，横冲直撞。

仿佛被当头一棒，柴槐根像个傻子一样呆站在那儿，任凭蜜蜂在他身上乱爬乱叫，一只被郑大为惊吓飞来的蜜蜂发怒了，竟朝柴槐根的手腕上蜇了一口，柴槐根居然没有感觉。郑大为的脑子倒有几分清醒，机灵的他马上想到接下来他和师父应该做的事情，他对师父说：“赶快割蜜！”

柴槐根一个激灵，像被泼了一盆冷水马上惊醒了过来，觉得郑大为的主意好，这时候是不用去想雇车移蜂场的事了，割蜜取粉最重要。

从蜂场回来的刘裕龙和关方义当即向关厂长汇报了，告诉他已向两个养蜂人下了最后通牒，并严厉地警告他们如果明天还不搬走，就要动武了。

关方义补充说，我听他们说在我们这里放蜂出蜜特别快，才三天他们就可以割蜜了。看样子他们还想赖几天。

关秋山听过汇报考虑了片刻，终于发话了："他们割了蜂蜜能卖钱，可遭殃的是我们。已有小孩儿被蜇了，我不能坐视不管！裕龙，你是副厂长，在村里也有威望，我们出点儿误工费，明天组织一批人去驱赶，他们若还不走，干脆没收！让他们知道我们不是软蛋！"

刘裕龙马上应答："好，我决不心慈手软！"

十三、没收蜂箱

第二天一大清早，戴着面纱罩的郑大为和师父正用割蜜刀麻利地割着蜜，随着他俩手中割蜜刀的快速运转，晶莹透亮的淡黄色蜂蜜吧嗒吧嗒掉进桶里。本来蜂蜜丰收该充满喜悦的，可此时，他俩像在和谁抢夺似的，气氛十分紧张，面纱罩罩着的两张脸上满是紧张和无奈的情绪。

突然，在附近玩耍的两只狗惊叫着跑回来，两人抬头望去，都傻眼了，只见一队人马气势汹汹地朝这边奔过来了，他们中有的头上戴着面纱罩，有的抱着干稻草，后面的人还推来六辆板车，五条大狗被人牵着跑在最前面，它们追着吠叫的黄狗和黑狗，可等黄狗和黑狗躲进蜂场帐篷里，五条大狗就不敢追进来了，站在离帐篷十几步远的地方挑衅似的狂叫。

这群人在离帐篷三十米的地方站住，为首的是矮个子刘裕龙。此时的他跟以前判若两人，这时他摆出一副老子做定恶人的架势对身旁一个胖墩墩的愣头青耳语了几句。愣头青扯起嗓子向柴槐根吼道："你想干啥？想打架？大狼，去咬他！"

原来正在割蜜的柴槐根忘了放下手里的割蜜刀，走来的时候手里还握着，他们以为他是来迎战的，立马做出反应。

大狼是五条大狗的头领，听到主人的命令，立即扑向柴槐根，它后面的四条大狗也边叫边做好上阵的准备。柴槐根当即挥舞手中的割蜜刀进行防卫。割蜜刀寒光闪闪，大狼知道它的厉害不敢近前，虚张声势地在原地扑腾着狂吠着，但它不甘自己的威风被遏制羞辱，便立马改变目标，冲向帐篷旁的黄狗和黑狗。四条恶狗立即响应，随头领一起进攻黄狗和黑狗，它们兵分两路，两条大狗追黑狗，三条大狗追黄狗。黄黑两狗寡不敌众，无力坚守家园，被迫逃离保命，五条恶狗疯狂地围追堵截，黄黑两狗四处乱窜，其中黄狗没逃出它们的魔掌，被三条大狗围攻，咬得它呜呜地惨叫。它的惨叫声一下子揪住了郑大为的心，没想到这地方的狗也狗仗人势以强凌弱，郑大为怒火心中起，丢下活计抄起一根木棍冲向它们，一阵猛击，三条恶狗被打得嗷嗷乱叫狼狈逃窜，黄狗趁机逃进帐篷避难。

眼前发生的一切是柴槐根没有预料到的，起因是他无意中手里拿着割蜜刀让他们产生了误会。他意识到这点赶紧扔掉割蜜刀，向刘裕龙解释后恳求道："刘副厂长，求求您手下留情，今天我们就搬走……"

他的解释和恳求无异于对牛弹琴，刘裕龙阴阳怪气地说："哼，都给你三天时间了，今天已是第四天，你们却把我的话当耳边风，还想赖着不走……今天休怪我们无情！伙计们，动手吧！点火！"

蜜蜂最怕烟熏，就像塘里的鱼怕水抽光一样，烟一熏它们就难以忍受四散逃命。只见蜂场上空黑烟滚滚，成团成团黑压压的蜜蜂像流动的黑云嗡嗡地叫着逃命。柴槐根急忙朝郑大为呼喊："大为，快救蜜蜂！"柴槐根不顾一切地冲上去，手脚并用，用脚猛踩冒着青烟的稻草，还用手捣毁一个个稻草堆。此时郑大为发现人群里站着那张让他心动的漂亮面孔，正愣在那里，被师父一喊马上回过神，拿上一把铁锹冲上去，也手脚并用，对着燃烧的稻草堆拼命地用脚踩，用铁锹拍。在师徒俩发疯似的抢救下，刚燃起的稻草堆被撒得到处都是，乌烟瘴气，脏兮兮的稻草落在地上、蜂箱上和帐篷上，师徒二人像救了一场大火，身上、头发上粘着脏稻草，手上和脸上像胡乱地涂上了一缕缕墨迹。

这伙人被这对师徒俩舍命灭火的举动吓蒙了，都站在那儿不知所措。关秋山突然冒出来，大声训斥道："是叫你们来看戏的吗？一个个都是软骨头！"

关秋山骂声刚落，刘裕龙、关方义、愣头青带头冲了上去，随后二十多个青壮年男子齐上阵，手忙脚乱地抱着一个个蜂箱装进一只只大麻袋，然后码在板车上，以示坚决听从关厂长的指令。柴槐根和郑大为只能眼睁睁看着他们制造浓烟熏跑了自己的蜜蜂，眼睁睁地看着他们将一个个蜂箱搬到六辆板车上拉走。

这时郑大为挣扎着爬起来，扶起躺在地上的柴槐根，他们的嘴角都渗着血，郑大为"呸"地吐了一口血水，拍掉师父背上的泥巴，愤慨地骂道："这帮人真是一群强盗，不得好死！"

柴槐根也"呸"地吐出了一口血水，揉了揉受伤的腰，敲打一下疼痛的大腿，遭此大劫他却没有像郑大为那样直接骂他们，只是怜悯他的蜜蜂，几乎是带着哭腔，嘟哝道："造孽哟！我可怜的蜜蜂啊，我怎么救你呀……"

"我和他们拼了！"愤怒的郑大为抄起一把铁锹大步地奔去，却被师父叫住了。现在师父不骂村民倒是骂他了："你有多大的本事也敢去？你以为你是天兵天将、是孙悟空？不知天高地厚的东西！"郑大为不服气，觉得师父窝囊没骨气，都倾家荡产被人家欺负成这样了，还不让他去和他们干，却把气撒在自己人身上。他没听师父的劝阻，凭一时冲动意气用事地握着铁锹继续朝村庄奔去，很快大步变成了奔跑，任凭师父在他背后满是焦虑地呼喊。

郑大为终于追上落单的一辆满载蜂箱的板车，这辆落单的板车上有三个人，一个中年男子在前面拉，两个小伙子从后面使劲推。他们的板车因为轮胎扎了才落单的，现在他们瞧见郑大为拿着铁锹奔来截车，便停下车站到了一起，虎视眈眈地盯着他。郑大为怒不可遏，把眼睛瞪得圆圆的，朝他们大声吼道："你们为啥抢我的蜜蜂，把蜜蜂还给我！"

那个中年男子皮笑肉不笑地说："臭小子，想打架？叫我们还你？想得美！谁叫你们把蜜蜂放到我们这里蜇人的？现在被我们大队没收了，滚吧。"

被羞辱的郑大为举起铁锹冲上去朝中年男子劈去，中年男子一闪，郑大为劈了个空，气急败坏地挥舞着铁锹向他们乱抡乱劈。三个男子左闪右躲，郑大为的力气很快被耗尽，头也让自己转晕了，脚步也乱了方寸。这时中年男子给两个小伙子丢了个眼色，三个男子一拥而上，一个抱腰，一个捉手，一个抱大腿。郑大为像一头被群狼围攻的小牛仔迅速被按倒在地，无法动弹，中年男子边喘着粗气边骂："臭小子，嘴毛都没有，还想跟老子斗，这下该老实了吧？"

郑大为虽然一败涂地，但他嘴上没输，仍然边挣扎边骂："土匪、强盗！你们仗着人多势众欺负人，有本事来和我单挑！"

一个小伙子弯曲起手指去敲躺在地上的郑大为的脑袋，边敲边神气地教训他："嘴巴还这么硬，叫你尝尝木栗子的滋味。"

三个男子将郑大为按在地上一会儿后，中年男子问郑大为还敢不敢和他们斗？还想不想要回蜂箱？此时郑大为想起了师父"你以为你是天兵天将是孙悟空"的话。他终于明白了自己不是天兵天将，也不是孙悟空，是身单力薄的一个人，仅有一腔热血满脑袋仇恨能赢得了啥？只有被碰得头破血流的分儿。意识到这点郑大为就老实起来了，他不再挣扎不再骂人，三个男子这才放过他，一副大胜的模样拍着他们衣服上的尘土，然后又拉又推弄走了板车。满身是泥的郑大为慢慢地爬起来，像失了魂似的木木地站着望着这辆板车远去。这时他发现不远处的一棵大树后面露出一个人影，那人影他似曾相识，他知道那是关厂长的漂亮女儿，她躲那儿想干啥？是看我倒霉的样子吗？哼，都是你那个坏爸爸在操纵作恶，郑大为对她很失望，甚至是讨厌。他捡起铁锹像斗败的公鸡沮丧地回去了。

十四、“收容”幸存蜜蜂

当郑大为垂头丧气地回来时，师父已把掀倒的帐篷立起来了。师父没再数落他的不是，要他一起去查看劫后幸存的蜂箱。郑大为数了一下，总共一百三十四箱蜜蜂，被没收的有一百零八箱，剩下的还有二十六箱安然无恙。这二十六箱蜂因摆在较远的田埂上，若把它们抱去装板车要下田走不少路，他们怕麻烦就放弃了。郑大为担心这二十六箱蜜蜂还会遭殃，问师父是不是也雇辆板车拉走？柴槐根用经验告诉他这二十六箱蜜蜂暂时没事，不用搬了。接下来要怎么想办法营救那一百零八箱蜂呢？它们是被大麻袋装着运走的，麻袋虽透气，但时间久了蜜蜂也会被憋死的。柴槐根心如刀割，郑大为也想不出什么妙计，急得使劲地跺着脚。这时被五条恶狗追咬的黄狗黑狗也跑回来了，黄狗小龙像委屈的孩子往郑大为裤脚上蹭，郑大为正一肚子气没处撒呢，狠狠地踹了它一脚，小龙更加委屈，汪汪叫着跑开了。

地上散落着许多被踩死和受伤的蜂蜜。郑大为眼里噙着泪花，小心地把还活着的蜜蜂一只只捡起来，放进一个饭盒里。

柴槐根见郑大为往黄狗身上撒气，当即批评了他，说这两条狗也和我们及我们的蜜蜂一样被人凌辱，现在它们回来了还用脚踹它们，这和那些野蛮的村民有啥区别？说着说着，柴槐根想到那些被村民们用稻草的烟熏跑和抢运蜂箱乱作一团时被吓跑的蜜蜂，它们不会跑远，如果能找到它们，他就有办法再把它们收回来。一个希望破灭，另一个希望诞生了，柴槐根心里一乐脸上有了喜色。满脸愁苦的郑大为突然发现师父像捡到了金元宝似的笑起来，觉得奇怪，正想问，就被师父告知让他快去拆床铺，把那六个空蜂箱腾出来准备迎客。郑大为一时摸不着头脑，但聪明的他很快便明白了，二话没说便转身离开。柴槐根也把烦恼抛到脑后，微笑着去迎接神秘的客人，黄黑两条狗紧跟着他。

郑大为掀开草席拆了床，六个空蜂箱被他搬到了帐篷外，又找出两个空蜂箱，然后打来一盆水，用抹布擦洗满是尘埃污垢的空蜂箱，每个空蜂箱里的巢框、隔板、副盖等配件也全擦洗了一遍。八个空蜂箱和配件全部擦洗干净后，师父笑眯眯地回来了。他带回来一个好消息，告诉他那些被熏走和吓跑的蜜蜂找到了，它们躲藏在不远处山上的几棵云松和云杉树上，这八个空蜂箱便可以让这些无家可归的蜜蜂安家了，现在他们要做好迎接蜜蜂的准备。当然这些蜜蜂不会主动来，要去引诱和邀请，柴槐根手把手地教郑大为如何把当诱饵的蜂蜜涂到巢础上。接下来他们碰到了问题，凭两双空手没法把八个空蜂箱移到三里远的树林里，最好的办法是用板车运，可村里有谁会愿意把板车借给他们呢？没办法，两人只好用扁担挑了，好在空蜂箱没啥分量，一人挑四个就把八个蜂箱都挑了过去。

收容那些无家可归的蜜蜂柴槐根可是很在行，他将八个空蜂箱分别搁在逃蜂集中的树下，擒贼先擒王，他寻找起蜂王来。蜜蜂与人类不同，它是母系社会，一般一窝蜜蜂中有一只蜂王，忠心耿耿的工蜂们只认它们的蜂王，蜂王到哪里它们就跟随到哪里，只要把蜂王引诱进空蜂箱，这窝所有的蜜蜂便会蜂拥而入。工蜂只吃蜂蜜，蜂王不吃蜂蜜专吃蜂王浆，所以它长得最大也最漂亮，容貌身材出众的蜂王在成千上万的蜂群里别人一下子寻不着，柴槐根眼睛一瞄就认出来了，就是现在树林里光线暗淡也难不住他，他很快便从一大窝聚集的蜂群中认出了那只蜂王，便用蜂蜜涂在自己的手指手背上，然后把手伸向蜂王。受过惊吓又饿又乏的蜜蜂们闻到了蜜香便蠢蠢欲动，但它们有铁的纪律，只有蜂王先去享受食物后它们才敢去吃蜂蜜。聪明的蜂王也知道世间有善恶，有陷阱，必须谨小慎微小心提防。

这时的蜂王受到柴槐根手中美味的诱惑似乎有所心动，在成千上万子民的注目下矜持地爬向柴槐根涂有蜂蜜的手指，愣了一下，也许它嗅到了主人的气味，也许它知道自己落了难，主人来救它们了，便放心果断地爬上了他的手指，一直爬到他的手背上。瞧见自己的蜂王爬上了一只手背安然无恙，蜜蜂们蜂拥而上簇拥着它们爱戴的领袖，转眼柴槐根手背上便聚满了黑压压嗡嗡叫的蜜蜂，把他的手掌变成了黑熊掌。这时他把黑熊掌移到沁蜜流芳的空蜂箱内的蜂础上，再用蜂刷轻轻地把手背上的蜂王推落至蜂础上，其余的蜜蜂便争先恐后地往蜂础上爬。黑熊掌一样的手瞬间又变白了，手背手掌上的蜜蜂都去了新家拥戴它们的蜂王了。栖息在树上的蜜蜂们也听到了召唤纷纷归巢。就这样，这些蜜蜂被成功地收进了空蜂箱。于是，他们幸存的蜜蜂一下子从二十六箱增加到三十四箱。

郑大为亲眼见师父找到蜂王并将她请君入瓮，然后成功地收容逃难在外无家可归的流浪蜜蜂，对师父佩服得五体投地。此时他似乎也忘记蜂箱被抢被没收的烦恼事，得意地告诉师父，他也学会怎么收容流浪的蜜蜂了。

十五、凄婉的笛声

柴槐根的猜测没错，大批蜜蜂和蜜箱被那些民兵没收之后，再没人来驱逐他们了，他们仍在原地放养这幸存的三十四箱蜜蜂。可是等稍稍安稳下来后，那被没收的一百零八箱蜜蜂像块石头压在他们的心上，他们无计可施无可奈何。那一百零八箱惨遭厄运的蜜蜂总令他们揪心焦虑。

夕阳下，郑大为独自坐在帐篷旁吹着笛子，《二泉映月》的曲子如泣如诉，充满无奈、忧伤和绝望。忠诚的黄狗黑狗依偎在他的脚边，目不转睛地盯着他，仿佛在聆听他感伤的曲子。

几步远处，柴槐根坐在一块石头上，默默地抽着旱烟，那袅袅升腾的烟雾恰似他不尽的愁绪。

奇怪的是，那些零散的被熏跑的蜜蜂似乎听懂了郑大为的曲子，纷纷被召唤回来，在他和师父还有两条狗的头顶上飞舞一会儿，然后落到蜂箱上，与坚守家园的蜜蜂亲昵地触碰拥抱。

万般无奈中师徒俩也没了言语。柴槐根从没感到像现在那么焦虑和失意，他整天只知道嘴里插着一根烟筒，吧嗒吧嗒不停地抽烟，好像那烟就是他愁闷的心绪，从他的嘴里吸进又从他嘴里吐出，无法摆脱。而郑大为把自己心中的愁绪交给了笛子，随着忧伤的音符向四周和天空扩散，这样似乎他心里的苦闷就会减轻许多。但只要他的笛声一停止，他心里的苦闷就会像春天的野草一样迅速滋生蔓长起来，所以他早晨起来要做的第一件事就是吹笛子，到了晚上他继续吹，每天早晚便是他吹笛子的黄金时刻。

这是蜜蜂被没收的第三个早晨。晨曦中，披着金色阳光的郑大为独自坐在帐篷旁的一个泥墩上吹着忧伤的笛子。也许他的两条狗已听厌了他哀怨忧伤的笛声，没有陪伴他的左右，让他显得有些孤寂。

这时，不远处传来了一群年轻女子的嬉笑声。原来郑大为的蜜蜂被大队没收了之后，她们觉得油菜地里安全了，不用担心被蜜蜂蜇了，所以敢来这里采猪草了。她们结伴而来，胳膊上挽着装猪草的柳条篮子，开心地在油菜地里寻找采猪草。蓦地，有个女子惊叫起来，原来她发现油菜花丛里有蜜蜂，把同伴们吓了一跳。她们往远处一望，发现帐篷外的地上还摆放着十几箱蜜蜂，非常诧异，一个说他们的蜜蜂都被没收了怎么还有这么多？一个说不会他们又从什么地方运来的吧？其中两个胆小的姑娘嚷着赶快离开，说蜜蜂会蜇人，若被蜇就倒霉了。但有个长辫子的漂亮姑娘却不以为然，她说那养蜂人在我家和我爸妈说过，蜜蜂是不会轻易咬人的，只有人欺负了它才蜇人，但它蜇了人后就死了。

这个长辫子的漂亮姑娘是关厂长的女儿关云英，她胆大乐观有主见，但她的话却引起同伴们生疑，她们说这是养蜂人自己编的骗人的话，他们是想在我们这儿养蜂不被赶走呗，谁听说过有哪种动物咬了人后自己会死呢？又不是它被咬。同伴们都不信她的话，关云英一张嘴寡不敌众，干脆不争不辩，就说了句反正养蜂人是这么说的。不过有个中年妇女似乎觉得关云英的话有点儿道理，说她在这油菜地上曾好几次遇到蜜蜂，没被蜇过。她这么一说她们都瞪着眼张着嘴，都说奇怪。这时有几只蜜蜂嗡嗡叫着从她们身边飞过，她们惊叫着避开，但看着蜜蜂飞走并没蜇人，这才松了口气，胆子渐渐大了，不再那么惧怕蜜蜂了。

她们议论过蜜蜂后，又开始关注那个吹笛子的年轻人了。一个姑娘同情地说：“前三天我看见村里几十个男子没收了养蜂人的一大批蜂箱，足足装了六板车。唉！这两个外地的养蜂人真可怜啊。”

可还有一个短头发女孩仍畏惧蜜蜂，她像和蜜蜂有仇似的说：“依我说，没收了活该！蜜蜂会蜇人谁不知道？谁叫他们在我们村边放养的？桂花嫂的儿子被蜂蜇了，肿还没消呢。”

短头发女孩的话刚说完，一个圆脸的女子很不服气，振振有词地说：“话不能这么说，蜜蜂一般不会主动攻击人我信，你们不是看到油菜田里有许多蜜蜂吗？我们不惹它们，它们也不会蜇我们。听说桂花嫂的儿子是因为用竹枝去打蜜蜂了，蜜蜂才蜇他的。要怪就怪他自己。”

关云英立马接上话茬说：“他先打蜜蜂，蜜蜂蜇他，这完全是正当防卫！”

除短头发的女孩固执己见，其余的同伴都赞同关云英的观点。短头发的女孩在蜜蜂蜇不蜇人的问题上输了，觉得很没面子，不服气，又想在另一个问题上赢一局，她指着蜂场旁坐在土墩上吹笛子的郑大为，鄙夷地说：“你们瞧，这小伙子真是的，蜂箱被没收了却还在吹笛子，都倾家荡产了还这么开心，这不是躺在棺材里唱歌吗？”

关云英正站在田埂上朝蜂场张望，似乎被这充满忧伤的笛声吸引了。她的心情非常复杂，有对郑大为的同情，有为父亲收了他两瓶蜂蜜却下令没收他蜂箱的愧疚，还有自己无力帮助他的无奈。此时短头发女孩那尖酸刻薄伤人的话使她莫名地气愤了，她瞪了短头发女孩一眼，尖锐地反驳："哎，你积点口德好不好？人家吹笛子吹的歌那么悲伤，你没听出来？难道人家倾家荡产就不能吹笛子了？"

短头发女孩不甘示弱地取笑她："哟，一口一个'人家'的，还老护着他，莫非看上了'人家'了？"

"看我不撕烂你的臭嘴！"关云英丢下篮子要去打她，短头发女孩赶紧扔下篮子钻进油菜丛猫着腰跑了。关云英懒得去追，她自怨自艾地说，都怪我爸，若不是他出钱叫人，也没人会去没收他们的蜂箱。还有桂花嫂，明明是她儿子去打蜜蜂被蜜蜂蜇，却硬说是蜜蜂蜇了她儿子，太冤枉蜜蜂了！现在人家只剩下这点儿蜜蜂了，真可怜。

中年妇女点点头，说："云英，我知道你心好。平心而论，你爸是有点儿欺负外地人了。人家养蜂人四处漂泊，风餐露宿，生活本来就十分艰难，一句话就把人家的蜂箱没收了，这可是人家的全部家当哟，这不是等于要了人家的命嘛。"

十六、她悄悄地来了

月光下，关云英独自站在村外的一棵大云杉下朝蜂场方向眺望，习习的晚风送来了凉爽，也送来了那依旧充满无奈、忧伤和绝望的笛声。这笛声像一条无形的绳索缠着她。她站着仔细听了一会儿，终于鼓起勇气朝那笛声发出的方向走去，在离蜂场几十米的油菜地边站住。透过朦胧的月光，她见到了吹笛子的小伙子，就是那天从她家里走出时她望了一眼的那个小伙子，正背对着她坐在帐篷外的一个高高的土墩上。她只想悄悄地看看他，听听他忧伤的笛声，然后悄悄地离去。

关云英的到来让躺在帐篷旁的黄黑两条狗立马有所察觉，站起来汪汪地叫着，争着向主人报信儿。

两条狗的叫声惊动了郑大为，笛声戛然而止。他转头望去，见不远处似乎站着一个白色的人影，他马上警觉起来，下意识地走到帐篷旁，抄起靠在帐篷上的一根木棍，与人影形成对峙之态。两条狗一个劲儿地朝人影叫个不停。这时坐在帐篷门口低着头抽烟的柴槐根也听到了狗叫声，知道有人来了，可他不知道来人想干啥，蜂箱都被没收了，还有蜂蜜可偷吗？他懒得去搭理，朝郑大为嘟哝道：“你去看看。”

郑大为“嗯”了一声，他的眼神好，细细一瞧，便扔了手里的木棍，告诉师父：“那边有个人，好像是个女的。”

这让柴槐根觉得非常好奇，他站起来瞪大眼睛把人影仔细地看了一番，确定是个女的，疑惑地说：“是个女子，她来想干啥？”

郑大为心烦意乱，没兴趣地回应道：“鬼知道。或许路过吧。”

柴槐根似乎倒有点儿兴趣了，他判断了一下，肯定地说：“不对，如果是路过，也不会站这么久，而且是盯着我们看。你去问问她，究竟有什么事？”

师父推测她可能有事找自己，郑大为想不会是来要蜂蜜的吧。可若是真来要蜂蜜，为何不白天来非要晚上鬼鬼祟祟地来？他弄不懂。现在师父让他去看看，他犹豫起来，嘟哝道：“她是个女人，我……”

柴槐根笑了，这是他自蜜蜂被没收以来第一次笑，是揶揄的讥笑，他说：“看见女人就怕，没出息！”

郑大为也笑自己胆小没出息，他勇敢地走近她，仔细一瞧，原来是村粮油加工厂厂长关秋山的女儿。

假如没发生后来蜂箱被没收的事，她在他的心里一定是一朵春光明媚的鲜花。可是现在她的父亲是个恶人，她是这个恶人的女儿，她和她的父亲是一家人，当然是一路货色。他不想搭理她，扭头就走，背后却传来了焦急的声音：“等等！”

郑大为没好气地回敬她：“黑灯瞎火的，你一个姑娘家跑来干啥？是来看我俩的倒霉样子吧？”

郑大为的话里全是刺儿，关云英的心被刺疼了，她几乎哭着说：“你别误会……我叫关云英，我是替我爸来向你道歉的。”

郑大为一愣，站住了，觉得她和她父亲不一样，不是落井下石来看他倒霉的，确实像来赔礼道歉的。随口问道：“是你爸叫你来的？”

关云英使劲地摇摇头：“不是。是我爸不对，他不该没收你们的蜂箱，他对不住你们……”

听她带哭腔的声音，看她实诚的态度，感觉她没有坏心眼儿，而且一个女孩能在夜里跑来替父亲道歉，需要何等的勇气和担当啊，她在他心里的形象又立马变得纯洁可爱起来，就像第一次见到她时的感觉一样，而且还又多了几分感动。

“说一句对不住就行了？凭啥没收我们的蜂箱？还让我们活不活？岂有此理，必须还我们的蜂箱！”

不知不觉，柴槐根已来到他们的身边，两条狗也来凑热闹了。柴槐根也认出了她，他像厌恶她爸爸一样讨厌她。

关云英客气地叫柴槐根叔叔，无奈地告诉他，自己也劝父亲归还他们蜂箱，但父亲就是不松口。柴槐根不信，还说她嘴巴甜，用土话叫郑大为小心她的甜言蜜语，不要搭理她。交代完后，劝姑娘回家，然后头也不回地走了。

柴槐根把她数落了一顿走后，郑大为觉得是师父误会了她，本来她是来替父亲道歉的，现在他要替师父向她道歉了，他说他师父平时说话就直，现在又在气头上，得罪了她请她原谅。关云英没半点儿生气样，竟然笑了，温柔地问他：“我叫关云英，你叫啥？能告诉我吗？”

郑大为把自己的名字告诉了她，从此她知道他叫郑大为，他知道她叫关云英。交谈中，关云英知道郑大为属虎，她只大他一岁，不禁用崇拜的口气赞扬他：“大为小弟，刚才是你在吹笛子吗？你吹得真好，我都听了好几天了，可你吹的曲子总是那么忧伤，让人好伤感……”停了一会儿，她柔柔地说，“我知道你的心情不好，都怨我爸把事情做绝，伤害了你们……你们放心好了，我一定会想办法叫我爸把蜂箱还给你们。”郑大为问她，她的父亲是一个小小的村粮油加工厂厂长，为何在村里能呼风唤雨，村民们为什么那么信赖他？关云英说她父亲是村里的能人，而且愿意帮助村民，从来说一不二，村里人谁都不及他的威望。

关云英的同情让郑大为对她更加产生了好感，完全忘了师父的“小心她的甜言蜜语”的告诫。但对关厂长还是没有一丝好感，他怀疑她的许诺，说：“你爸会听你的？恐怕谁也别想说服他。”

郑大为的怀疑一下子戳到了她的软肋，关云英不知劝过父亲多少次了，别的事父亲都会答应她，唯独这件事就是不松口。关云英有点儿泄了气，沉默了。

郑大为很快打破了她的沉默，问她：“你知不知道被你爸没收的蜂箱藏在哪儿？”她告诉他：“听我哥说放在村畜牧场里，离这里很近。”郑大为心里一阵暗喜，央求她现在可否带他去看看？关云英却犹豫地说：“这……这么晚了，不太好吧？”

郑大为失望地说了一句“不愿意就算了”，扭头就走。

见“小弟弟”生了气，关云英立马答应他：“好吧，我带你去。但不能让人看见，看见了不好。”

十七、连夜侦察畜牧场

月光下，两个黑影渐渐接近村边山旁的村畜牧场。畜牧场里养着十几头猪。山乡的夜被屋外的虫鸣和屋内猪的呼噜声衬托得格外静谧。关云英和郑大为一前一后走到了畜牧场大门前，推了推门，门锁着推不开，关云英悄悄地告诉郑大为东面围墙有个缺口，人可以进去。然后，他们来到了那个缺口，俩人猫腰悄悄地跨了进去。关云英指着一栋平房说："蜂箱就在里面。你去看吧。我到外面看着。"说罢关云英从缺口出来，站在围墙下替他放哨。

郑大为借着月光朝那栋平房摸去，发现门虚掩着，轻轻一推门就开了。屋里果然有蜜蜂发出的嗡嗡声，但啥也看不见，一团漆黑，臭气熏天，脚下泥泞，猪圈里的猪听见动静立马不安地哼叫起来。郑大为划亮火柴，凭借着一点微弱的光亮，便看见大批用麻袋套着的蜂箱码在湿漉漉的过道上，幸亏麻袋没有封上都敞着口。他拼命地将一箱箱套着的麻袋扒掉，再划亮火柴，借着光亮发现大部分蜜蜂已死去，像羊屎似的落在箱板上、麻袋里，打开那些箱盖，里面的隔板上都黏着死蜜蜂，只有少数尚存气息的蜜蜂在挣扎，他骂了一句"不得好死！"含泪将垂死挣扎的蜜蜂拎出来放在箱板上，屋里尚能飞的蜜蜂仿佛知道主人来了，纷纷飞到他身边绕着他飞舞。他看不清地上的情况，但他知道泥泞的地上一定有数以万计死去的蜜蜂。有几个被打开盖子的蜂箱横七竖八散落在地上，蜂脾满地都是，那是蜂蜜被掠夺过后留下的痕迹。他抚摸着和他一样受过创伤的蜂箱，泪水潸然而下。

这时，站在门口望风的关云英发现有人打着手电筒朝畜牧场走来，立刻向郑大为发出警报："快跑，有人来啦！"

郑大为的脑袋里像飞进了许多蜜蜂嗡嗡地响，满腔怒火，此时他真想与他们拼命，为蜜蜂们报仇雪恨，所以听到外面关云英的喊声他也不急，静静地站在黑漆漆的屋里。外面手电筒的光柱越晃越近，不见郑大为出来，关云英朝屋里又轻轻地喊了两声，仍不见他出来，焦急却无奈的她只好钻进了畜牧场边的油菜田里。

躲在油菜花丛里的关云英看见来了三个人，他们先查看了畜牧场大门，见大门仍锁着，嘀咕了几句，其中一个人说："过两天蜜蜂就全完蛋。"他们幸灾乐祸地在大门口抽着烟站了一会儿就走了，看来是例行巡夜检查。等他们走后，关云英才从油菜田走出来，返回到东墙缺口处，用有点责备的口气朝屋里嘟囔："吓死我了，你怎么不出来躲躲？万一他们进来，你就倒霉了。"

郑大为嘿嘿地冷笑道："我来看看自己的蜜蜂，能把我怎么样？我正要找他们算账呢。"

关云英不赞成他的说法，她担心地说："郑大为，他们会和你讲道理吗？他们既然敢抢你的蜜蜂，也照样敢揍你，一比三，你能赢吗？好汉不吃眼前亏，你还是老实点儿，快走吧。"

关云英的话让他清醒了许多，百感交集的郑大为依依不舍地低着头从墙缺口走出来。关云英吃惊地发现今晚她一连干了两件惊天动地的事：一件是一个人在夜里去蜂场看望养蜂的外地小伙子郑大为；另一件是她偷偷地带他去大队畜牧场寻找被没收的蜜蜂。

郑大为走出来后，关云英不敢再逗留了，她说了句：“不早了，咱们回去吧。”便独自匆匆地走了。

今晚没遇见关云英之前，郑大为的心已被仇恨蒙住不能自拔，而且把关云英也划入不友好的村民之列。可当关云英替父道歉，又冒险带他去看被没收的蜜蜂后，他突然觉得自己心胸狭窄了，他错怪了她，冤枉了她，她是一个多么善良纯洁的好姑娘啊。从此她常在他梦中出现，他把她装进了心里。

十八、求母又献计

关云英铁了心要去帮郑大为这个可怜的外乡人了。当她走进家门时，见爸爸不在家，一盏油灯下，妈妈坐着正切木桶里的猪草，她马上过去，甜甜地叫了声“妈”。

见宝贝女儿才回家，妈妈有点儿不悦，担心地说：“一个姑娘家，黑灯瞎火的，跑哪里去了？”

关云英撒了个谎：“去同学小梅家玩儿了。哪是黑灯瞎火的，外面的月光亮着呢。”

关云英边说边拿过猪草：“妈，我来切吧。”

妈妈抬头瞟了她一眼，笑道：“哟，今天你也知道心疼妈妈了？”

关云英神神秘秘地说：“您歇会儿吧，我有话想跟您说。”

妈妈“哦”了声，把菜刀放进桶里，坐到旁边的椅子上，捶着自己的腰，边捶边问：“姜家的亲事你同意了？”

关云英刚切了几下，一听妈妈这话就来气，把菜刀往桶里一扔，不悦地说：“妈，您说哪儿去了？我不是跟你们讲得很清楚吗？女儿才十九岁，还小哩，您就那么想把女儿推出去啊？”

妈妈疑惑地望着她说：“那你想告诉妈啥？”

关云英停下手里的活儿，抬头望着妈妈，央求道：“我想求您帮个忙，一个小忙。”

妈妈更疑惑了，好奇地问：“这么神神秘秘的，要妈帮啥忙呢？和妈说话也吞吞吐吐？”

关云英不想绕弯子了，脱口而出：“您去做做爸爸的工作吧，让他把蜂箱还给人家。”

妈妈一怔，不解地说：“哟，你怎么管起这件事了？你爸的脾气你不是不知道，我的话他会听？”

关云英放下刀，去给妈捶背揉肩，边拍马屁边央求着：“妈，您不知道，爸没收了那两个外乡人的蜂箱后，那两个外乡人好可怜，他们好伤心，那个小伙子整天吹着笛子，那笛声让人觉得心里酸酸的……”

妈妈若有所思地望着她，女儿的话似乎感染了她，她说：“你这么一说，妈也觉得你爸做得太绝情了，你弄走一两箱蜜蜂吓唬吓唬就行了，可是你爸几乎把人家所有的蜂箱都没收了，那是人家的全部家当，没了蜜蜂人家还怎么活啊？等下你爸回来我再跟他磨磨嘴皮。可是光说没用，得想个办法才行。”

关云英狡黠地说：“我有一计，肯定灵验。不过，妈，您要配合我才行。”

妈妈一听乐了：“哦？说来听听。”

关云英边揉着妈妈的肩边说：“您不是管畜牧场的嘛，你和另两个饲养员阿姨串通好，就说蜂箱里跑出来很多蜂，今天有个阿姨被蜜蜂蜇了，再也不敢去畜牧场喂猪了，赶紧把蜂箱弄走。蜂箱也不能留村里，最好把它们还给人家。因为留在村里，不管放哪里，都有可能把人蜇伤。”

妈妈听后想了想，点点头说：“这办法好，你爸回来我就这么说。”

十九、捎来喜讯

翌日清晨，关云英拎着柳条篮子笑盈盈地来找郑大为，她站在蜂场外围油菜地的田埂上。机警的黄黑两条狗朝她叫起来。郑大为立马走出帐篷，一见是关云英，马上喝住狗，告诉它们是自己人，两条狗都听话地不叫了，摇起了尾巴表示欢迎。郑大为也高兴地朝她喊："过来吧，狗不咬人。"

关云英小心地走到郑大为身旁，放下篮子，并从篮子里拿出一包手帕包裹着的东西，打开手帕，原来是四个鸡蛋。她微笑着把四个鸡蛋递给郑大为，说："你俩在这儿受苦，也吃不到什么。这是我家母鸡下的蛋，拿去补补。"

郑大为不好意思接："这……"

关云英往他手里送，命令似的："客气个啥，拿去！"

得到了命令，郑大为才接过包着四个鸡蛋的包裹，鸡蛋还热乎乎的。关云英再次命令他："吃呀，趁热吃。"这回他没听从她，说要先放起来，进入帐篷很快又出来，把花手帕还给了她。她却不接，要求他洗干净晒干后再还她。郑大为只好尴尬地拿着她的花手帕。此时他关心的不是她的鸡蛋，是那个比吃鸡蛋更重要的事，他问她："那事你跟你爸说了吗？"

关云英笑了笑，点点头："说了，我妈也帮了，终于做通了我爸的工作。我爸说蜂箱放在畜牧场里也是个祸害，说不准哪天连他自己也被蜜蜂蜇了，还是把它们还给你们，但有个条件。”

郑大为紧张地问：“什么条件？”

关云英又笑了，笑他紧张的样子，她告诉他这个条件他一定能办到，而且会乐意去做。她没有马上告诉他是什么条件，留了个悬念让他猜。郑大为想了想，问她是不是叫他马上搬走？她摇摇头，微笑地看着他。他又问，莫非关厂长要罚他的款让他交罚金？她的微笑马上变成哈哈大笑。她摇了摇头，得意地说：“其实不难猜，这个条件和你干的活儿有关，你再猜猜。”郑大为说：“不猜了，我一紧张脑袋就变得很笨，你别卖关子了，快告诉我吧。”关云英见郑大为被自己逗得猴急的样子，笑得更开心了，笑过后仍没直接告诉他，提示地问他：“蜂箱里不是有很多蜂蜜吗？有几个愣头青打开几个蜂箱取蜜，结果蜜没取到，却都被蜂蜇了。我爸说，只要你愿意把蜂箱里的蜜取一些分给村民，就把蜂箱还给你们。”其实关厂长打算把蜂蜜分给的村民是指“干活”的村民——参加没收蜂蜜的村民，可这事她没说，怕引起郑大为的反感。

知道了这个谜底，郑大为终于松了口气，觉得是一笔可以接受的生意，不就是帮他们割蜜嘛，小菜一碟。但他觉得有点儿不对劲，这明明是自己的蜂箱自己的蜜，怎么能说是帮他们割蜜呢？而且是把所有蜂箱里的蜜都割下来给他们吗？这么一想他又觉得是一笔蚀本的买卖了。他问关云英：“你爸有没有说取几斤？”

瞧他紧张的样子，关云英又咯咯地笑着说：“没说，你随便取几斤应付一下得了。”

郑大为半信半疑地问她三四斤行吗？她说：“我说行就行，”还神气地炫耀说，“我是厂长的公主嘛。”郑大为乐了，一口答应：

“行！我取五斤吧。这就去准备。”

这时，站在帐篷后面一直在偷听两个年轻人谈话的柴槐根走出来，客气地说：“云英姑娘，你的心真好！谢谢你！”

关云英发现蜂场的真正主人今天心情不错，还表扬她，觉得他不会再用不友好的心态来对待她了，她再次向他解释：“没啥，我是替我爸来赎罪的。”

柴槐根笑声朗朗地说：“你不用再说啥了，我都听见啦，你们想要蜂蜜嘛，我和大为这就去弄，能割多少就送多少。就怕闷在箱里已经好几天，不知蜂蜜会不会变酸变坏了。”

关云英像被蜜蜂蜇了下打了个激灵，担心地问：“变酸了还能吃吗？”

柴槐根告诉她：“如果刚开始变味，问题不大，还可以吃。但如果酸得厉害，有臭味了，那就不能吃了。”

关云英像已尝到很酸的蜂蜜，张着嘴蹙着眉头说：“假如已经很酸不能吃了，那真的太可惜了。”

郑大为像突然想起了什么，马上眉开眼笑起来，肯定地说：“没坏，一点儿都不酸，好着哩。”

这回轮到关云英疑惑了，她问他怎么知道？他也卖起关子来：“你猜呗。”

关云英不以为然地说：“你也是猜的吧？”

郑大为摇了摇头说：“我才懒得猜呢。”

关云英更疑惑了，难道他的经验比他师父还丰富？他师父刚才都没有把握只说“如果”，他却敢说肯定没坏，想必是为了安慰我才蒙我的吧？

柴槐根嘿嘿地笑了，说这下我也明白了，然后启发地问她昨晚去了哪里？经他这么一点拨，她一下子全明白了。她笑嘻嘻地说：“原来昨晚你偷吃了蜂蜜。”

郑大为马上反驳她：“我吃了点儿自己的蜂蜜能算偷吃吗？”

关云英无言以对，嘻嘻地笑个不停。柴槐根抬头看看天，说：“不早了，去割蜜！”

二十、送蜜还蜂

戴着面罩的郑大为和柴槐根像救火似的急步走进了畜牧场。关云英也跟着郑大为和柴槐根来到畜牧场，她很想尝尝蜂箱里的蜂蜜是不是像郑大为说的那样。可她怕蜜蜂，远远地站在大门外，见从蜂箱里逃出的蜜蜂像无数只苍蝇似的在畜牧场的空中嗡嗡地叫着飞舞着，不敢迈进一步，想尝蜂蜜便成了奢望。

郑大为和柴槐根先想到的不是割蜜，抢救蜜蜂才是他们的头等大事。昨晚郑大为独自一人溜进畜牧场后，一口气扒去了二十多只套在蜂箱上的麻袋，还有许多套在蜂箱上的麻袋没来得及扒去，两人手脚并用地又踩又扯迅速扒去套在蜂箱上的麻袋，麻袋丢得满地都是。每只麻袋扒出来时，蜂箱上和麻袋里带出来的都是大量像羊屎似的死蜜蜂，泥泞的地上一簇簇的死蜜蜂不知被多少双脚踩过、碾过，和泥混在一起分不清了。郑大为和柴槐根看在眼里疼在心上，他们心如刀绞，眼里都噙着泪花。现在他们已经没时间去管地上蜂箱上的死蜜蜂了，而是发疯似的扒掉所有套在蜂箱上的麻袋，又火速地将蜂箱往大门外搬，那些幸运活下来的蜜蜂能飞的都飞到附近油菜花地里去采蜜了；飞不起来的爬在地上苦苦地挣扎。来看热闹的十几个村民吓得赶紧往远处跑。当一百零八个蜂箱全搬出来后，郑大为和师父已累得满头大汗，像老牛似的喘着粗气，但他们没有停歇，接着去揭开一个个流着蜜的蜂箱盖子，发现蜂箱里面有不少黏在蜂蜜上窒息而亡的蜜蜂，柴槐根的手和心又颤抖起来。郑大为只在电影里见过战场上满地的战士和敌人的尸体，却从没见过满地成堆的死蜜蜂，如此惨景让他泣不成声。他愤然地对师父说：“我们的蜜蜂死掉那么多，都是他们造的孽，该叫他们赔，我们还要割蜜送他们吗？”柴槐根忍辱含怨地告诉他：“事情都这样了，已没法挽回，我们答应过人家的事一定要办到，何况现在人家已高抬贵手了。所以我们要送他们蜜，送更多的蜜。”

畜牧场大门外的草坪上变成了养蜂场，郑大为和师父开始割蜂箱里的蜜了。两人打开蜂箱，用割蜜刀将蜂脾上的蜜往地上的脸盆里割，晶莹透亮散发着甜甜香味的蜂蜜吧嗒吧嗒地滴入脸盆，站在远处围观的村民鼻里闻着蜜香，眼里看着拉着金丝的蜂蜜滴入脸盆，嘴里的口水咕噜咕噜地响。郑大为的手脚没师父麻利，他才割完两箱的蜜，师父已经割了五箱了。郑大为割出两箱的蜜装了小半脸盆，师父割出五箱的蜜不多不少刚好一脸盆。这时，一直在外面围观的关云英壮着胆子朝郑大为走了几步，急切地朝他们喊：“够了够了，不要再弄了！”郑大为也提醒师父不要割了。柴槐根像没听见似的继续割，割下的蜜装进了郑大为这边的脸盆，两个脸盆的蜜一样多一样满时才停下。两个脸盆里的蜂蜜中淹着几十只死蜜蜂，郑大为用割蜜刀将它们一只只挑出来扔掉。

这时，副厂长刘裕龙突然出现在郑大为面前，他嬉皮笑脸地走近柴槐根讨好地说：“老哥，对不住了，我们也没办法，要执行任务啊，也没想到会死这么多蜜蜂，现在我看了满地的死蜜蜂，心里也很难过。您大人大量，大人不计小人过，能原谅我们吗？”

郑大为厌恶地朝他扮了个鬼脸，柴槐根黑着脸一言不发，看来这伙人对他的伤害太深了，他们的没收使大量的蜜蜂都死了，那是拿刀子往他心上捅啊，仅凭刘裕龙的一句道歉就完了？但柴槐根知道人在屋檐下，只能忍气吞声打碎牙齿往肚里咽了。

被郑大为称为狗腿子的关方义从刘裕龙身后走出来，神气地对柴槐根说："刚才刘副厂长都向你道歉了，你却没一句话，是不接受不原谅吗？你一个外乡人，还摆啥臭架子？"

刘裕龙用手势制止了关方义不中听的话，然后"老哥""老哥"地叫着柴槐根，却把关厂长吩咐他取蜂蜜做慰问品分给"干活儿"的村民一事说了。一听这话郑大为的肺都要气炸了，他讥笑道："慰问'干活儿'的村民？这么说你们肇事的村民像土匪一样抢走了我们的蜜蜂还有功劳了？不给！"

郑大为的话让柴槐根的心"噌"地悬起来，他大声喝住他："住嘴！小年轻能懂啥？不许胡说八道！"然后尴尬地朝刘裕龙赔笑道："年轻人不懂事。你们'干活儿'的村民劳苦功高，是该慰问。瞧，我们都给你们准备了两大盆，拿去吧，不够的话我们再割。"

关方义正想发作大骂郑大为，却被刘裕龙拦住了，他摆摆手："算了算了，年轻人好斗气，别和他一般见识。快叫人把蜂蜜端走吧。"

关方义似乎没出气不想善罢甘休，但刘副厂长拦住了他，他不好撒气，便在蜂蜜上给他们施压。他命令似的对柴槐根说："你不想慰问也罢，油菜花是我们村的，我们每家每户都有份，那就分给我们每家每户吧，全村有九十多户，两盆蜂蜜哪够分？再给我们弄两脸盆！"关方义是睚眦必报的小人，当即出了个馊主意，故意刁难柴槐根。

那个愣头青也趁机跳出来寻事，他火上浇油地说：“是哩是哩，这么点儿蜂蜜分给我们塞牙缝啊。依我看再弄四五脸盆才够分。”

这个突然冒出来的问题让刘裕龙一时不知如何拿捏了。心想，关方义和愣头青说得也有点儿道理，两脸盆蜂蜜差不多是三十斤，九十多户村民每人还分不到四两，至少每人应分半斤吧，这样算来还需要十几斤，不妨让他再多弄一脸盆吧。现在关厂长把蜜蜂都还给他们了，也不赶他们走了，算对得住他们了。便客气地对柴槐根说：“老哥，方义的要求也有道理，两脸盆蜜蜂我们那么多村民不好分啊，反正你蜂箱里还有蜜，再麻烦你动动手弄一脸盆吧。”然后他给关方义丢脸色，叫他赶快去找脸盆。

谁知，关键时刻关云英站出来说话了，她口气强硬地说：“不行！一脸盆也不行！我爸同意把蜂蜜分给‘干活儿’的村民，又没说分给全村的村民。两脸盆足够了！”

见关云英帮着自己，郑大为非常感激地朝她点点头。关云英的话让在场的村民们吃了一惊，立马引起了热议，他们的意见有两种，一种是大多数人认为关云英的胳膊肘往外拐，帮外乡人说话；另一种是少数人觉得关厂长唆使村民没收了人家的蜜蜂，现在又强行要人家送蜂蜜，那意思和关云英心里想的一样：先抢人家蜜蜂，现在又勒索人家蜂蜜，太没情没义了，但他们不敢直说，只好以叹息来表示。关方义像不认识似的仔细瞧着关云英，嘴里“嘿嘿”地奸笑，然后问她是帮谁说话？副厂长刘裕龙虽对她的话不满，但碍于她父亲的权威不敢多言，只好用委婉的口气对她说：“我可没强迫他给啊，假如他不愿意弄就算了。有两脸盆大家分点儿尝尝也就行了。”

关云英大声地把刘裕龙的话重复了一遍："大家听到了没有？刘副厂长说了，有两脸盆大家分点儿尝尝也就行了。"接着她动情地说，"我们没收了他们的蜜蜂，现在虽然把蜜蜂归还人家了，但造成的损失你们也看到了，死掉的蜜蜂满地都是，而且成堆成堆的，剩下活的蜜蜂还不到一半，损失这么大人家说啥了吗？而我们还要人家送蜂蜜，送两脸盆还不够，大家不觉得这样太欺负人了吗？！你们好好想想，他们两个外乡人都是贫下中农，从大老远的浙江跑到我们这里来养蜂，千辛万苦挣点儿钱，容易吗？我们不但不同情他们，还要这么对待他们，还有阶级兄弟的感情吗？！"

关云英近乎演讲的一番话起到了立竿见影的效果，许多人不吭声了，有几个嘲笑过她说她胳膊肘往外拐的村民马上转变观点，赞同地点点头，说她讲得有道理。有的为她今天不凡的口才感到惊讶。连关云英也为自己的口才感到吃惊。她的话和她的态度让刘裕龙完全放弃索取更多蜂蜜的企图，他对柴槐根说不用再弄蜂蜜了，就这两脸盆。而柴槐根虽感激关云英仗义执言，也没依刘裕龙的放弃顺坡下驴，却做出了让人意想不到的决定：他要再送村民们四脸盆蜂蜜！

郑大为对师父的反常之举非常不解，以为是开玩笑，但见师父动手开箱割蜜才知道是真的，便闹起了情绪，觉得师父是自讨苦吃做了东郭先生，干脆撒手不管了。这时关方义不知从哪儿弄来了四个脸盆，柴槐根瞪了郑大为一眼，自顾自地往脸盆里割蜜。关云英却满脸疑惑地望着柴槐根，问他是否受到什么人的威胁才被迫再送蜂蜜的，还说如果谁胆敢这么欺负人就跟他没完。柴槐根边割着蜜边告诉她没人威胁他，是他自愿的，他说再送四脸盆九十多户村民每户差不多可分到一斤了。柴槐根以德报怨的态度让关云英非常感动，她眼含着泪花说：“槐根叔，您真好。”在场的村民几乎都被感动了，听说他们每家能分到一斤蜂蜜，除了感动还有惊喜，个个脸上挂着开心的笑容，连副厂长刘裕龙也意识到自己干了伤天害理的事，感到羞愧难当，恨不得钻进猪圈里躲起来。但面子和矜持却让他不愿意也没勇气在众人面前认错检讨，他便以别的方式来给自己“赎罪”了，他说等柴槐根弄好四脸盆蜂蜜，他会安排六辆板车把他的蜂箱全部送回去。他的这个表态让关云英满意，她正为如何把这些蜂箱送回蜂场的问题伤脑筋呢，便用嘲弄的口气表扬道：“好啊，刘副厂长，四天前你们用六辆大板车浩浩荡荡地没收了人家的蜂箱，现在用六辆大板车浩浩荡荡地把人家的蜂箱送回去，这声势和仪式没有厚此薄彼，算对等了。”她的讥讽让刘裕龙的脸一阵白一阵红，但他又不敢把她怎么样，旁人们都嘻嘻哈哈地笑开了。

柴槐根说到做到，又割了四脸盆蜂蜜送给村民；而刘裕龙也说到做到，安排了六辆大板车和十八个壮汉，把没收来的一百零八个蜂箱全部送回到蜂场。虽然蜂箱全部送回来了，但蜜蜂却死了一大半，郑大为的心里只有对蜜蜂的心疼和怜悯，对村民没有一丝感激和原谅，只有怨恨和厌恶。而他想感激的只有一人，便是他喜爱的关云英姑娘。

郑大为数了一下，一百零八个蜂箱中有十二个蜂箱被弄坏，有二十一个是空蜂箱，因为箱里的蜜蜂几乎全死光了。他难过得哭了，看他难过关云英也落下了眼泪。

现在她完全相信郑大为说的蜜蜂不会主动攻击人的话，她似乎也不再惧怕蜜蜂了，竟跟着郑大为走进蜂场，任密密麻麻的蜜蜂在她的周围、她的面前、她的头上飞舞。这是她第一次与蜜蜂零距离亲密接触，感到又兴奋又好奇，像个小学生对啥都感兴趣问这问那。郑大为耐心细致地回答了她所有的问题，给她讲自己和师父追花逐蜜风餐露宿四海为家的养蜂生活和传奇故事，她听得很兴奋。郑大为和师父都忙得不可开交，她也很想帮一下，但郑大为不让她插手，让她站边上当观众。郑大为和师父用了三天时间才将所有被没收的蜂箱整理好。从此，这个村的人与这两个养蜂人井水不犯河水，他们安然无恙地放着蜂，不再有人来干扰他们了。

这里的油菜花沁蜜多花期长，没多久又收了一百多斤蜜和十几斤花粉，全卖给了当地供销社，赚了一大笔钱。更可喜的是花蜜足，天气好，蜜蜂繁殖得快，当群里的蜜蜂数量太多时就会自动分群，就像人的家庭成员太多要分家一样，分蜂期也大大缩短了。经过两次分蜂后，原来因大量蜜蜂死亡而腾空的蜂箱也得到补充派上了用场，可以说一场大劫难之后元气基本恢复了，损失也基本夺回了。柴槐根觉得压在心上的大石头“咚”地落了地，开心地与郑大为喝酒助兴。郑大为吹的笛子，不再伤感和绝望，而是充满欢快和期望。他常常像一匹吃饱青草的小马驹一样快乐兴奋，柴槐根知道能让郑大为如此快乐兴奋的不光是蜂场夺回损失恢复元气，更重要的是那个漂亮的长辫子姑娘关云英常以采猪草为由来蜂场看望他。凭直觉她对郑大为“有意思”了，而郑大为的心思他早就看出来了。这小子有贼心也有贼胆，居然对厂长的千金想入非非，做着美梦。当初柴槐根太粗心太武断误会了她，觉得近墨者黑，她是关厂长的女儿不会好到哪里去，所以对她很反感不欢迎，叫郑大为不要搭理她，可后来她所做的一切证明他的判断错了，她是个漂亮善良又乐于助人的好姑娘。现在她几乎每天都要来蜂场走走看看，和郑大为聊一会儿天。

二十一、浪漫的月夜

关云英自从认识郑大为后发现他身上有许多优点，比如他勤劳肯吃苦，比如他有情义懂得感恩，比如他知道且经历过的事情很多，也让她学到了许多课本上没有的知识，尤其当她知道蜜蜂的生命非常短暂，短则数月，长则一两年，但它们几乎一生都没有停止过采蜜酿蜜的工作，到死都没有片刻去享受过安逸的生活，便对小小的蜜蜂肃然起敬起来。她觉得郑大为和他师父追花逐蜜风餐露宿的养蜂生活，极像蜜蜂，她甚至觉得是蜜蜂把它们的这种勤劳吃苦的精神传给了他们。还有更让她无比快乐的是郑大为吹的笛子。之前他吹的都是让人心酸伤感的曲子，现在他吹的都是欢快悦耳的歌曲，让人听起来悦耳舒服。郑大为告诉她，原来他不会吹笛子，是师父吹出动听的曲子吸引了他，他便有了兴趣，缠着师父教自己吹，他以为很难学的，没想到只学了半个月就学会吹一首歌曲了，现在他能吹二十多首歌，大多是歌颂毛主席的歌曲和电影插曲。关云英对他一脸的崇拜，总是像崇拜电影明星那样看着他。

郑大为学会吹笛子后，柴槐根就不吹了，好像他已培养好了接班人交了班。郑大为大惑不解，问师父现在为啥不吹笛子了？柴槐根神神秘秘地笑着说："应该让年轻人吹才好，师父老了，有你吹就行了。"郑大为摸不着头脑，柴槐根却意味深长地笑而不语。

一个月光朦胧的夜晚，郑大为正坐在帐篷外的一个土墩上吹着笛子，吹的是电影《铁道游击队》的主题曲：

……

弹起我心爱的土琵琶

唱起那动人的歌谣

爬上飞快的火车

像骑上奔驰的骏马

车站和铁道线上

是我们杀敌的好战场

……

不远处，关云英慢慢地朝帐篷走来。两条狗马上发现了她，兴奋得“汪汪”地叫了两声，像迎接熟悉的贵客，对她摇起了尾巴。其实郑大为远远地就看见她来了，却假装没看见，心无旁骛地吹着，像在舞台上表演。等关云英走到他身旁站住了，他才停下来，装出才看见她来似的“咦”了一声，说道：“哦，你来了。”

关云英也装出不悦地反问他：“我来的时候你一直面对着我，你是真没看见我还是不欢迎我？”

见她有点儿生气了，郑大为便紧张起来，赶紧解释：“我不是这个意思。刚才我吹得太专心太投入了，没看见你这个大美人来了，我该死。”

关云英“扑哧”一声笑了，嗔怪地说：“油嘴滑舌！”

郑大为从帐篷里拿来一把折叠小凳，在她面前摆好叫她坐。关云英不客气地坐上去，屁股晃了下差点儿摔倒，她尖叫了一声，揶揄道：“好啊，你竟敢用这花架子凳来蒙我啊？”

郑大为苦笑道:“我哪敢呀,我这儿条件艰苦,只有这种凳子,可折叠容易携带,你没坐过,见笑了。”

关云英又“扑哧”地笑了,然后装作一本正经地说:“我知道,你们到处漂泊、风餐露宿、四海为家,真不容易啊。让我感动的是,你还那么乐观,而且你的笛子越吹越好听,就像戏台上听到的一样。”

郑大为惊喜地问她:“真的?我吹的真有那么好听?”

关云英微笑地点点头,然后装出内行的样子说:“你刚才吹的是电影《铁道游击队》里的歌吧?吹得不错,但还有不足的地方,前面一段节奏还行,但后面的节奏太慢了,从‘爬上飞快的火车’开始,你不能像前面的节奏一样慢了,要像‘飞快的火车’‘奔驰的骏马’那样快起来。”

郑大为瞪圆了眼睛看着她,像不认识似的说:“看不出你也懂音乐?我都没察觉出来,经你这么一说,是吹得不对,看来我是在瞎吹。”

关云英却鼓励他:“我是在瞎说,你别往心里去。我就是看了电影之后觉得这首歌很好听,可我不会唱,也记不住歌词,感觉到‘爬上飞快的火车’的节奏就应该快起来,是吧?”

关云英的鼓励又让郑大为立马有了信心,他谦虚地说:“云英,以后我吹笛子时有什么缺点,你一定给我指出来,好吗?”

关云英“扑哧”一声笑了,她也谦虚地说:“我也不懂,怎么能给你指出缺点呢?不过,你吹的时候假如我觉得哪儿不好听,会告诉你的。”

郑大为开心地笑道:“你是我的第一听众,我若吹得不好,你给我指出来,我会一遍遍地练,一次次地改,直到你喜欢,说好听为止。”

关云英开心地笑了。

第二天晚上，月光下关云英像约好似的又来蜂场听郑大为吹笛子了。

两人高高地坐在土墩上，郑大为给关云英吹了很多首曲子，关云英怕把他累坏了又让他讲故事。郑大为夸张地说他肚里全是故事，问她喜欢什么样的故事？她说她最喜欢听跟他有关的各种各样的故事。

郑大为像个开百货店的店主，说他肚子里啥故事都有，有民间故事，有本土美食，有谜语歌谣和有趣的习俗故事，问她喜欢听哪些？关云英嘻嘻地笑着让他讲家乡的美食。郑大为先给她讲了喷香蜜甜的三江米糕，他像个行家里手讲了米糕的加工要经过哪几道工序。当讲到米糕蒸熟出笼时如何香气诱人时，他听到关云英嘴里有咽口水的声音，他遗憾地说现在没办法让她尝到三江米糕，但他相信她总会有一天能尝到三江米糕。关云英像真的吃到三江米糕似的开心地笑了……

这一晚，关云英听了郑大为吹笛子又听他讲了好几个故事，不知不觉月亮已偏西，关云英这才发觉时候不早该回家了。郑大为要送她回家，她怕别人看见传闲话，就不让他送，他只好站着目送她离开，直到她的身影消失。

二十二、师父传“歪经”

关云英走后，郑大为便回到帐篷。柴槐根看他很兴奋很开心的样子，便有了新话题，问道：“大为，你说实话，是不是喜欢上关云英了？”

郑大为矢口否认：“没有。她只是来听我吹笛子。”

柴槐根用脚踹了他一下，说：“她只是来听你吹笛子？没这么简单吧，你不老实。这几天，你像变了个人，天天都像捡了钱那么开心。有啥事能让你这么开心？不是因为喜欢上关云英了吗？”

郑大为知道瞒不住师父，只好老实交代了。他忧心忡忡地说：“唉，喜欢上又有何用？人家可是厂长的千金啊。”

这小子终于交代了，柴槐根没有反对劝阻，反而给他鼓劲儿打气，他说：“关云英老往咱蜂场跑，就是想看你，说明她也喜欢上你了，有希望！”

郑大为赞同师父的说法，但他总觉得自己和关云英会像牛郎织女一样，被她当厂长的父亲活生生地拆开。于是郑大为一脸的无奈和悲哀，仿佛那个关厂长已向他发出了他警告。柴槐根却不以为然，像想起了什么得意地笑起来。郑大为问他为何发笑？柴槐根便讲起了自己的罗曼史，他说：“我的岳父是个大队长，当初他嫌弃我家是富农成分不好，不同意把女儿嫁给我。可后来怎么样？不是照样嫁给我吗？”

郑大为这才知道原来师父的老婆是邻村大队长的女儿，又羡慕又敬佩地说："师父您真厉害，能娶到大队长的女儿做老婆，您是怎么做到的呢？有啥秘诀？给徒弟我吐一点吧。"

柴槐根得意地笑了，他言传身教地说："秘诀吧，说简单也简单，说复杂也复杂，就看你敢不敢了。"郑大为听得云里雾里一脸茫然，他问："简单怎么说，复杂又怎么说？"柴槐根嘿嘿地说："简单嘛一句话，也就是看你敢不敢做！"郑大为边挠着后脑勺边嘟哝说："这种事咋处理呀？我可没您这样的本事啊。"柴槐根哈哈大笑："你要是真想娶她做老婆，管她是什么厂长的女儿，即使是皇帝的女儿也不要怕，大胆去追呗。男人追女人靠的是脸皮厚，死皮赖脸地追，肯定能成功，懂吗？"

郑大为总算恍然大悟了。他冲师父做了个鬼脸，说："槐根叔，原来您追女人的秘诀就是死皮赖脸啊。"

郑大为这样歪评师父，柴槐根不但不生气，还给自己找理由："当然啦，谁叫我家的成分不好？不这样我能追到大队长的女儿做老婆？"接着他洋洋自得地自我炫耀起来："我老婆漂亮，追的人多了去了，我就是靠厚脸皮才抢到手的。嘿嘿。"

二十三、她惹怒了母亲

郑大为受师父的启发不可小觑。后来关云英晚上来听他吹笛子讲故事，眼看她差不多要走的时候，他就给她讲鬼的故事，把她吓得尖声惊叫身子直哆嗦，这时郑大为赶紧打住不讲了，瞧她那模样，好像再讲下去那鬼真的会跑出来似的。郑大为讲鬼故事的这招妙不可言，终于让她害怕得不敢独行了，郑大为便义不容辞地做起了保镖，一直送她到村口。第一次护送她回家，郑大为幸福极了，他的心像打着小鼓突突地蹦跳着。躺在床上，他的心仍在狂跳，身边的师父像听见了他胸腔里的心跳声，踹了他一脚，不知是表扬还是讽刺他，师父嘿嘿地说："你小子也学会蒙女人了，先用鬼故事吓她，再送她回家，怎么样？路上至少牵过她的手了吧？"郑大为矢口否认，说哪敢？柴槐根取笑他没用，和师父比差远了。郑大为承认自己与师父的差距，谦虚地说："我哪敢跟师父比呀。"

就在郑大为和关云英的地下恋情进一步发展的时候，麻烦事也接踵而至了。

这天，几个妇女在村旁的小溪边洗菜洗衣服。关云英的母亲也在洗衣服。有个长舌妇悄悄地对关云英的母亲说："嫂子，您还不知道吧？那个养蜂的外地小伙子在勾搭你家云英哩。"

关云英的母亲一脸的茫然："哦，真的？你怎么知道的？"

长舌妇嘻嘻地一笑，神秘地说："昨天傍晚，我亲眼看见你家云英去了那小子的蜂场。”

另一个妇女也证明说：“没错，昨晚我们家那位回来时也看见了。云英正和那小子坐在一起，那小子很开心很得意，还吹笛子呢。”

关云英的母亲脸色骤变，瞪大眼睛，恍然大悟地说：“我也觉得奇怪，这些天的晚上云英老往外面跑，不知干啥去了。你们这么一说，我才明白，原来是这臭小子在勾搭我女儿！哼，我决不会轻饶他！”

长舌妇又添油加醋地说：“这可不得了，养蜂人都是四处奔波，你家云英若跟了他，往后还有好日子过吗？嫂子，你只有这一个宝贝女儿，可要管管啊。不然等生米煮成熟饭，那就迟了。”

长舌妇危言耸听的话强烈地刺激了关云英的母亲，她感到了问题的严重性，顾不上洗完衣服就把洗好的衣服往脸盆里一放，便匆匆地离开了。

关云英的母亲端着脸盆怒气冲冲地回到家，把脸盆“砰”地往桌上一摔，此时关云英正在厨房里用筷子搅拌钢精锅里的面疙瘩，她被吓了一跳，问母亲为何生这么大的气？母亲厉声责问她是不是有什么事瞒着她？关云英装出惊讶的样子，嬉皮笑脸地说没有啊。母亲开门见山地问她是不是魂被那个养蜂的外地臭小子勾去了？关云英红着脸否认，问她听谁说的？母亲知道她是明知故问，更窝火了，立马数落起来：“你天天晚上往那小子的蜂场跑，究竟去干啥？”

关云英反问她是怎么知道的？母亲说好多人都看见了，还想狡辩！关云英知道一定是母亲在外面听到了什么风声，才心急火燎回家兴师问罪的，但想起父亲要将她嫁给那个姓姜的贫农儿子，她心里的一点愧疚之情立马无影无踪了。

她干脆闭上嘴不说话，任母亲数落责骂。关云英以沉默对抗，更是无声胜有声，母亲觉得冲她发火却没个反应，如同往草丛里扔石子，在白费口舌，气急败坏地奔进厨房，见女儿正在锅里烙面疙瘩，马上明白女儿在给谁做点心了，更是气不打一处来，嘴巴变成了机关枪，没完没了地又骂开了："原来天天往那臭小子养蜂场跑，不光是约会，还给他送好吃好喝的，难怪最近发现家里的面粉玉米黄豆还有高粱酒莫名其妙地少了，原来有家贼。这些东西平时我和你爸都舍不得吃，你竟敢偷去给那臭小子享受，拍他的马屁，你不瞧瞧他是个啥！村里人都说他像叫花子，要吃没吃要住没住，你不愿意嫁姜家的儿子，却心甘情愿跟着这穷小子过苦日子，你脑袋是不是进水了？被驴踢了？哪根筋搭牢了？清醒清醒吧，我的小祖宗！"

关云英采取冷处理的方法应对，她既不顶嘴也不争辩，仿佛又没听见，只管自己烙面饼。母亲无法忍受女儿的"冷处理"，恼怒地一把推开她，把她烙好的面饼全没收了。母亲还威胁她说，再发现她给那臭小子送吃的送喝的，就不许她回家。母亲的威胁丝毫没有起到震慑作用，关云英心里很不服气，她毫不客气地说："那个姓姜的儿子有啥好？笨头笨脑的，你和我爸不就看中他身上有一股蛮力嘛。"母亲立马反驳她："身上有力气有啥不好？种田人干农活儿没力气行吗？当农民的哪样不靠体力？"关云英对咄咄逼人的母亲始终避而不战，让母亲一人唱独角戏。她嘴上不说，心里却讥笑道，"哼，如果只是看中人家的力气，那干脆找头公牛结婚得了。"姜家的儿子与郑大为比，姓姜的就是一头只会耕田的牛，而郑大为是牵着牛的牧童，这个牧童非常厉害，会养蜂会讲故事会吹笛子，尤其他吹的那笛声把她的心都带走了。

二十四、家中被囚

村粮油加工厂厂长关秋山没收了柴槐根和郑大为的一百零八箱蜜蜂后，柴槐根却送了六脸盆蜂蜜分给村民，关秋山这才答应将一百零八箱蜂悉数奉还，并允许他们可继续在村油菜田里养蜂。本来问题已解决，关秋山他们与蜂场相安无事了，不料因为关云英与郑大为有瓜葛又节外生枝、风云突变。

关秋山为了报恩，早把女儿许配给邻村姜良坤的儿子了。姜良坤曾救过关秋山一命。那年他们参加公社大会战放炮炸石，突然有一块鸡蛋大的小石子朝关秋山的脑袋飞来，关秋山还没察觉，就被一旁的姜良坤看见了。姜良坤像电影里战场上奋不顾身救战友的战士一样，大喊一声，像猛虎似的扑向他，两人在瞬间滚成一团，避开了小石子，小石子“噗”地落在关秋山面前的泥土上。真险啊！关秋山吓得脸都白了，一时说不出话来。

从此两人成了过命的兄弟，为感谢姜良坤的救命之恩，关秋山和姜良坤定了娃娃亲，居然把十岁才上小学三年级的女儿关云英许给大她五岁的姜良坤的儿子。姜良坤的儿子老实本分、五大三粗、一身蛮力，属壮劳动力，关秋山两口子都喜欢他。那时情窦未开懵懵懂懂的关云英不知娃娃亲是什么，以为是大人们闹着玩的，对姜良坤的儿子也谈不上喜不喜欢。

后来，眼看关云英出落得亭亭玉立成了大人，双方父母便把两家亲事提上了议事日程。此时关云英对爱情充满了幻想，觉得父母要把她许配给呆头呆脑的小伙子，没一点儿情调，跟着他过日子肯定不会幸福，便开始讨厌他，平时见了他也懒得搭理。直到关云英遇上了浙江的养蜂小伙郑大为，这个外地来的养蜂人，是个会讲故事、会吹笛子、有情调的小伙子，她心目中的情郎就是像他这样的人，相貌不必出众，但才情出众。

当她和郑大为偷偷相恋被父母发觉后，关秋山两口子便开始棒打鸳鸯了。女儿细皮嫩肉的父母不舍得打，也不舍得捆绑，可关云英有脚，不捆不绑就会往郑大为的养蜂场跑，两口子商量后，决定采取监禁措施。

第二天早晨，关云英起床梳好头准备出房洗脸时，发现房门上挂着一把锁，她急得又喊又拉又拍又踢，可许久都没人来。她知道自己被父母监禁了，气得大哭大闹，把桌上的茶杯摔了，衣橱上的镜子也砸了。这时，母亲才像刚从外面回来似的站在门外，无奈地叹着气，说："英儿，不是妈非要关你，是妈和爸担心你被那穷小子拐跑了……妈和爸都是为你好才这样的，妈向你保证，等那小子走了一定放你出来，你就在里面待几天吧。"

关云英觉得母亲是拿针往自己的心上扎，她发疯似的对着门凶猛地手拍脚踢，不停地哭喊着："我要出去！你们没有权利限制我的自由！……"

她的母亲不忍心站门外看着女儿如此地强烈抗议，红着眼睛返回厨房。幕后指使人关秋山就躺在女儿隔壁屋的床上，女儿的大吵大闹他像一点儿都没听见，稳稳当当地躺那儿睡觉。其实他压根儿没睡着，脑子里在琢磨接下来如何棒打鸳鸯，想当初就该赶走那个养蜂的臭小子，现在他后悔莫及，留下他养虎为患了。越想越后悔，越后悔越生气，越生气越躺不住，他爬起来，连脸都顾不上洗就出门了。

关秋山匆匆地走进副厂长刘裕龙的家门，刘裕龙还在睡觉，听到关厂长的声音，像弹簧似的爬了起来。

关秋山进了他的卧室就闻到了一股浓烈的酒味儿，问他昨晚又和谁灌猫尿了。刘裕龙敬上一支烟讪笑道："是我妹夫家请人打家具，我去作陪多喝了两盅。关厂长今天这么早找我，有要紧的事吧？"关秋山点点头又摇摇头，他说："也不是啥要紧的事，是我遇上了一件烦心的事，想和你商量商量帮个忙。"刘裕龙揣摩了一下，似乎明白了他的烦心事，便问他是不是女儿的事情？

关秋山的脸当即阴沉下来，气愤地说："这小子真是胆大包天，竟敢把主意打到我女儿头上，简直反了天啦！这小子一天也不能留，赶快把他轰走！"

刘裕龙却把话岔开了："关厂长，都怪您当初心太软。假如当初您听了我和方义的话，下狠心没收了那小子的蜂箱，同时把他们赶走，就不会有现在这个烦心事了。"

关秋山摇着脑袋直叹气地说："我本来也有这个想法，可我那丫头片子却一个劲儿地给那小子求情，我老婆也说我不能把事情做得太绝。我粗粗地一想，觉得那两个浙江养蜂人大老远地跑来，受了那么多苦很不容易，也该放他们一马，就把蜂箱还他们，后来也没赶他们走。现在我细细地一想，原来那小子竟然癞蛤蟆想吃天鹅肉，打起我女儿的歪心思，而我女儿也鬼迷心窍……唉！现在不光是我，连我老婆也后悔死了。"

刘裕龙心想：关厂长呀，都怪你当初不听我的，后果相当严重吧。今后该不会把我的话当耳边风了吧？瞧瞧一大早就亲自登门的关厂长愁眉苦脸的样子，刘裕龙表面上非常同情，心里却开始幸灾乐祸。他知道关厂长的来意后，觉得到了该为关厂长表忠心的时候了。他掷地有声地说：“关厂长，您放心好了，这事就交给我吧，我保证立马让他滚蛋！”

关秋山等的就是这句话，立马觉得压在他心上的石头轻了一半，脸上露出信任满意的笑容，说：“我等你的好消息。”

二十五、决定离开伤心地

漆黑的夜晚，静静的田野，甜甜的花香，悠扬的笛声。郑大为独自坐在离帐篷十几步远的土墩上吹着笛子，忠诚的黄狗黑狗趴在他的身旁，惬意地听着主人美妙的笛声。

可今天他像有了心事，虽然黑夜见不到人影，但他仍不时地转过头朝路上张望，希望心上人会在黑夜里走来。往日这个时候，只要吹上两三首曲子，关云英便像仙女似的飘来，但今晚他一连吹了七首曲子，两只狗都没有热情地跑向她来的方向叫唤，如果两只狗跑去热情地叫唤，他知道来的人一定是他的心上人。两只狗也明白了他的心思，每次关云英来的时候它们都会替他去迎接。可是今晚，它们一直趴在他身旁听他吹笛子，没有叫着离开。他的心里渐渐感到不安了，心有旁骛笛子就吹不好了，时常不是走调就是忘曲，吹得像老鼠咬破竹筒难听死了，连黄狗也汪汪地叫了两声“喝倒彩”，接着黑狗也汪汪地叫了两声。郑大为从没出现过如此糟糕的状况，一下子没了信心和兴致，干脆把笛子往地上一丢，不吹了。现在他心乱如麻，开始胡思乱想。这么晚了关云英肯定不会来了。今晚她突然不来了，肯定有原因，是不是她听厌了自己的笛声？是不是她觉得自己除了会吹笛子没别的本事？或者她是不是听到了别人的议论不好意思来了？又或者是……他不敢往下想了，因为他想到了她那当厂长的爸爸，一想到这个原因就像被马蜂蜇了一口浑身一哆嗦。

就在他胡想乱猜情绪沮丧的时候，突然，两只狗像弹簧似的一跃而起，并朝村的方向狂叫不停，边叫边跑过去。郑大为心里一喜，以为她姗姗来迟，但这个美好的念头像闪电一样瞬间熄灭了。因为两只狗的激烈反应和凶狠的叫声告诉他来人不受欢迎。郑大为立刻警觉起来，顺着狗叫的方向望去，只见一伙人打着三四支手电筒朝蜂场奔来。郑大为的第六感官立马知道来者不善，便急切地朝帐篷大喊："师父，不好啦，来了一伙人！"

正坐在帐篷旁抽烟的柴槐根站起来往狗叫的方向望去，看见有好几束手电光朝帐篷晃来，他们的动静很大，凭借人多势众毫不惧怕两只狗的警告，其中有几个挥舞着手中的棍棒骂骂咧咧吓唬着两只狗，冲上去的两只狗立马被他们手中的棍棒打退打散。他们来势汹汹，郑大为想去帐篷里取家伙，柴槐根拦住了他，告诉他不知来者是何人是何意想干啥事，不可轻举妄动。说着一伙人已走到近前，三四束手电光一齐聚集到郑大为和柴槐根的脸上，照得两个人的眼睛很难受，睁都睁不开。但柴槐根仍很客气地问他们是什么人，来干什么。郑大为就没那么客气了，他责问他们有什么事不在白天来，非要在黑灯瞎火的夜里来？是有什么见不得人的事吧？

郑大为口无遮拦的话没吓着那伙人，却吓坏了柴槐根，他本想责骂郑大为几句以缓解气氛，但为时已晚，领头的抢先对他们骂开了："老子偏在夜里来收拾你们！兄弟们，这两个外乡人真可恶，不仅采了我们的花蜜，还想摘我们村里的花，勾搭我们厂长的千金，真是吃了豹子胆了。兄弟们动手吧，出了啥事，有我担着！"

这充满火药味的粗重声音似乎有点儿耳熟，郑大为立马想起来了，是那个躲在幕后操纵的副厂长刘裕龙，现在他立功心切居然不顾脸面跳出来干了。手无寸铁的郑大为和柴槐根上前欲劝阻求饶，却无异于秀才遇到了兵。来人像一群饿狼似的冲过来，对师徒俩又推又搡，拳打脚踢。此时柴槐根赶紧用方言叫郑大为万万不可还手，郑大为想起了师父平时告诫的“好汉不吃眼前亏”的话，马上把刚冒出来的与他们拼命的念头掐灭了，他和师父像两扇门一样被推开，踉踉跄跄地被推到了两边，来人从他们面前冲过去，立马分成几伙，一伙人冲向帐篷，帐篷一下子被推倒，然后他们就用木棍和石头往篷布上砸。另几伙人冲向蜂箱，手电光四处乱晃，也不管看得见看不见，只管用手中的木棍或地上的石头一个劲儿地往蜂箱狂击乱砸。一瞬间震耳欲聋的乒乒乓乓的响声在田野上轰鸣，在山谷中回响。

在黑夜中寡不敌众的郑大为和柴槐根没有拼死抵抗，他们只在心里强烈地抗议，愤怒地谴责这伙人的粗暴行径。黄狗黑狗义愤填膺地朝来的人狂吠着，跳跃着；最给力的还是他们养的蜜蜂。一个个蜂箱被砸后，睡梦中的蜜蜂们突然失去了家园，一下子无家可归了，愤怒的它们迅速变成了复仇的战士，黑暗中勇敢地扑向“侵略者”嗡嗡的轰鸣声是它们仇恨的怒吼，尾部的毒刺便是它们的武器。它们发疯似的见人就蜇，顿时，被蜇的人们鬼哭狼号，纷纷丢盔卸甲狼狈逃窜。老到的柴槐根一见他们去砸蜂箱，迅速叫郑大为蹲下不要动，这样他俩就不会受到蜜蜂的攻击了。

这伙来势凶猛不明身份的人被小蜜蜂们围攻，然后屁滚尿流地逃跑了，因夜黑看不见路，他们又乱作一团互相挤撞，有的跌倒有的摔下田埂。黄狗和黑狗乘胜追击，追上去狂吠驱赶。

郑大为和柴槐根见他们如此狼狈，觉得非常解气，没想到他俩收拾不了的这帮人两只狗和蜜蜂替他俩收拾了。刘裕龙站在远处变声变调地威胁道："两个可恶的外乡人听着：今天给你们一个教训，明天若不滚蛋，就让你们的蜂箱统统见鬼去吧！"

这帮人走后，郑大为和柴槐根一起将推倒的帐篷重新搭起来，然后整理帐篷内被砸坏的用品。

躺在床上，郑大为想起那伙人被狗追着撵、被蜜蜂攻击而屁滚尿流的熊样就觉得很解气，便忍不住嘿嘿地笑。柴槐根问他在笑啥？郑大为说："刘裕龙这般怪声怪调的十有八九被蜂蜇了，活该！他一定气坏了，今晚尝过蜜蜂的厉害，看他们明天还有啥招对付我们。"可是柴槐根却忧心忡忡地说："我估计他们会认为蜜蜂夜里不会蜇人，所以今晚他们砸了蜜蜂的窝，没想到仍被蜜蜂蜇，他们不会善罢甘休，估计明天一定会来报复。上次他们派民兵来没收我们的蜂箱都是戴着面罩和手套的，他们有备而来，所以就不怕蜜蜂蜇了。明天，很有可能我们的损失将会更大。"

听柴槐根这么一说，郑大为也开始担心起来，说："那我们怎么办？"

柴槐根知道今晚他们突然袭击蜂场，完全是冲着郑大为来的，假如郑大为不去与厂长的千金勾勾搭搭，他的蜂场就安然无恙了。所以要怪就该怪郑大为，他满肚子怨气无处撒，便拿徒弟出气。柴槐根没好气地说："还能怎么样？都怪你！你真有本事啊，竟然把厂长的千金勾搭上了。真是城门失火殃及池鱼啊。"

郑大为听了师父的话觉得是师父拿他撒气，蛮不讲理，黑白颠倒。他理直气壮地用三条理由来反驳他："第一，我没有去勾搭厂长的女儿，是关云英自己跑来听我讲故事吹笛子的，您是亲眼所见吧？第二，是师父您言传身教地唆使我追求她，幸亏我没听你的用邪门歪道的办法，否则关厂长还不活剥我的皮？第三，别说我没生米煮成熟饭，我就连她的手都没碰过，根本算不上谈恋爱，她爸凭啥这么对付我和您？真是一群野蛮人！”

柴槐根讥笑道：“以后你还敢和野蛮人的女儿来往吗？”

郑大为不服气地嘟哝道：“我哪里知道她爸和她的乡亲们会这么野蛮。”

柴槐根嘿嘿地笑道：“还说不知道？她爸都叫村民没收了咱们的蜂箱，你还跟她来往，你鬼迷心窍，不，是色迷心窍了。”

郑大为更不服气了，他辩解说：“我和关云英的交往虽是在蜂箱被村民没收之后，可那是求她帮自己的忙啊，假如不和她来往，她爸能轻易把蜂箱还给我们吗？”

柴槐根想想觉得也是，他无话可说了。见师父不吭声了，郑大为知道师父理屈词穷了，心里好不得意，但他不想继续纠缠此事，装出后悔莫及的样子说：“太可怕了。我恨不得今晚就离开这鬼地方！”

这时，柴槐根像捞着了话柄，很有魄力地说：“明天你看着蜂场，一早我就去联系车辆，车一到，马上走！”

师徒俩你一言我一语地聊着争着，不知不觉已近午夜。两个人已疲惫不堪，知道那伙人夜里不会再来捣乱了，于是便放心地入睡了。

二十六、被无情驱逐

第二天，天刚蒙蒙亮，柴槐根就起床骑着破自行车去雇车了。老早就醒来的郑大为却躺在床上寻思着如何对付即将来报复的那伙人。眼下他一人要对付二三十个捣蛋分子，越想越怕。谁知他越怕啥就来啥。随着两只狗的狂叫，他的头皮便开始发麻，心扑扑地乱跳。心想，该来的终于来了，他赶紧起床去查看，果然远远的便看见一队人马朝蜂场奔来，一定是昨夜来捣乱的那帮人报复来了。他的心悬到了喉咙口。当他们走近时郑大为才发现他们像一支特种部队，就是昨晚被柴槐根说中的那样，他们头上戴着塑料纸面罩，握着木棍的手上戴着手套。郑大为怒气填胸地向他们喊话："我们的蜂箱你们也没收过，昨晚你们又来砸蜂场，你们为何要对我们如此刻骨仇恨赶尽杀绝？你们就是十恶不赦的强盗！"

领头的刘裕龙突然站住了，身后的一群人也站住了。刘裕龙挥舞手中的木棍满腹怒气地回应他："你们一天不滚蛋，我们就每天来收拾你们！"

郑大为大声地告诉他们："我师父已经去雇车了，车雇来了就搬走，我们不会赖在这里！"

那个高个子关方义"呸"了一声说："鬼才信！当初限你们三天搬走，你们却赖到现在还没搬。我们不会再上你们的当了！"

接着，那个愣头青还傻乎乎地用强盗逻辑来声讨郑大为：“就算你们今天搬，也饶不了你们！昨晚我们被你们害惨了，我们当中有十三人被你们的蜜蜂蜇伤，其中有五人的蜂针断在皮肤里到现在还没拔出来，蜇过的地方都肿起来了，我们的刘副厂长头上也肿了，你说这账怎么算？”

郑大为知道对待这帮粗暴的人怎么做都是徒劳，但也知道自己不可能和他们硬拼，于是他的脑子急速地转动起来。突然，他发现了不对劲的地方：他们用塑料纸做的面罩只是做做样子，像贴在额头上的一张白纸，风一吹脸便露出来了。恰巧夏季的晨风乍起，把罩在他们脸上的塑料纸吹了起来，他们的脸一下子暴露无遗。

真是天意！这伙人几次三番地以强凌弱，老天也看不下去了，便让他们犯下了愚蠢的错误。郑大为灵机一动，计上心来。他立刻走进帐篷。刘裕龙以为郑大为被他们吓得躲进了帐篷，可没想到，郑大为走出帐篷时却是全副武装——他的面罩和手套是真正防蜜蜂蜇的。他以最快的速度打开一个个蜂箱，将蜂箱里的蜜蜂赶出来。被激怒的蜜蜂瞬间像一股黑旋风在空中飞舞盘旋，它们寻找攻击目标，见人就蜇。郑大为的防范措施得力，无孔可钻。而这群捣乱分子的脸却完全暴露在蜜蜂们的攻击下，成为攻击的最佳部位。

这群人一次次地捣毁它们的家园，不仅让它们无家可归，还砸死憋死了它们许许多多的兄弟姐妹，现在它们失去了理智变得疯狂，它们扇动小翅膀发出嗡嗡的怒吼声。蜜蜂们勇敢地冲向他们暴露的面额，用尾刺狠狠地扎下去，面颊、眼睛、鼻子、耳朵、嘴巴，撞上哪儿扎哪儿。这群人瞧见郑大为打开蜂箱疯狂地驱赶箱内蜜蜂的时候，还以为自己头上罩着面罩手上戴着手套，啥事都没有，可当风吹开他们的面罩便知大事不好，却为时已晚，蜜蜂已像黑旋风似的向他们发起了进攻，只听他们嘴里都发出“哎哟哎哟”的惨叫声，在慌乱中跌跌撞撞地赶紧撤离，还有不少人摔倒。瞧着他们尚未动手就狼狈逃跑的样子，郑大为在心里暗自欢呼叫好，他又一次扬眉吐气了。

这伙人不战而败之后，就不敢轻举妄动了，一直等到傍晚柴槐根赶回来都没敢再来。

柴槐根回来时脸上满是担忧的神色，郑大为以为他没雇到车，当他停下车心急如焚地询问他走后那伙人有没有来捣乱时，郑大为告诉他，他刚走不久他们就来了。柴槐根的脸色更难看了，急忙问他后来的情况怎么样？

这时，扬扬自得的郑大为便萌生了捉弄一下师父的想法。师父急切想知道结果他偏不说，把话题岔开。他用崇拜的口气赞扬，师父您真神了，能事先知道他们会来捣乱，而且还知道他们会头上戴面罩手上戴手套，气势汹汹……郑大为答非所问更让柴槐根急了，他立马打断郑大为的话问他后来究竟怎么样了，郑大为仍卖着关子，嘿嘿地告诉他没怎么样，他们跑了。师父狐疑地盯着他问，他们没打砸抢就跑了？郑大为认真地点点头说：“您不是都看到了吗？”柴槐根扫视了一周，发现现场确实没有被破坏的痕迹。他皱着眉一副大惑不解的模样，喃喃自语地说：“这就怪了，他们不该这么善罢甘休呀。”郑大为问师父是不是他们来了打砸抢才算正常？师父有点儿生气了，认为郑大为还在捉弄他不肯说实话。见师父真的生了气，郑大为才把实情告诉了他。

师父听后，先嘲笑那伙人蠢，再感谢老天有眼分清了好人坏人，而且关键时刻帮了他们。一直等着师父表扬的郑大为却落了空，心里有点儿急躁，居然邀功请赏地问师父为啥不提是自己发现他们面罩的漏洞而动用了强大的“蜂兵”？师父这才笑着说：“我是以其人之道还治其人之身嘛。”郑大为知道原来是师父报复自己卖了他的关子。

这时，柴槐根像突然想起了什么重要事情，叫郑大为赶紧准备转场，因为最多一个小时后运蜂箱的货车就到了。得知马上要离开，郑大为又想起了关云英，不知道现在她怎么样了？心想，不管她什么情况，他和她的缘分从此也结束了，他再也见不到她了。一想到这个便悲从中来，他吸了吸鼻子，泪水就溢出了眼眶，他泪眼汪汪地和师父把散放在田间地角的蜂箱抱到一处准备装车。黄狗和黑狗似乎极想离开这伤心地，在得知即将离开时，高兴地撒起了欢儿。

果然一个小时后驶来了一辆货车，停在蜂场边上，司机是个热情的小伙子，从驾驶室跳下来就催柴槐根装车，还动手帮忙。三个人开始把一个个蜂箱又抱又抬地放到车上。站在车上的柴槐根居高临下，很快发现不远处站着刘裕龙等五个人，他们一直在监视着这边的一举一动。柴槐根把眼前的这一幕用家乡方言告诉了郑大为，然后感叹道：“仿佛做了一场噩梦，但噩梦终于过去了。”

当所有的蜂箱、工具和帐篷及生活用品全部装上车后，郑大为把黄狗和黑狗也抱上了车，然后和两只狗高高地坐在车厢里的蜂箱上。

车子启动，缓缓前行。坐稳后郑大为下意识地去摸内衣口袋，口袋里的手帕还在。可他心里有点儿难受，想吹一曲解解闷，看了看身边，发现把笛子忘了，他清楚地记得装车时，他特地用报纸把笛子包卷起来，随手一放，后来就忘了。他急得拍着驾驶室后视窗大喊：“师傅，快停车！”

车子马上刹车停下，司机从车窗探出脑袋问：“什么事？”

郑大为赶紧说：“有样东西忘记拿了。”说罢便跳下车，直奔原来搭过帐篷的地方，很快便找到了用报纸卷包好的笛子，拿着笛子飞快地跑回来爬上了车。司机笑眯眯地问他：“啥东西那么要紧？”

郑大为笑着答道：“没啥，一支笛子。”

司机来了兴致，问他会不会吹笛子，郑大为说：“会呀，要不要给你吹一曲。”司机边发动汽车边说：“好啊，我爱听笛声。”郑大为便解开缚着的小绳和包装纸，发现笛膜孔上的竹膜破了，便从衣袋里取出一个小纸包，打开，小纸包里是一叠薄如蝉翼的竹膜，小心地取出一小片含嘴里，包好小纸包重放回口袋，然后取出嘴里的一片竹膜贴到笛膜孔上，便吹起了笛子。他吹的仍是电影《铁道游击队》的主题歌。当吹到“爬上飞快的火车，像骑上奔驰的骏马”时，司机像真的爬上飞快的火车骑上奔驰的骏马，他双手紧握方向盘目光望着正前方，把整个上半身都摇晃起来，逗得一旁的柴槐根呵呵地笑。高高地坐在车厢里蜂箱上的郑大为不知道他的笛声有如此神奇的效果。驾驶室的这一幕，是事后柴槐根告诉他才知道的。

郑大为一连吹了三首就停了，他好像没了兴致，握着笛子一端向空中甩了甩，把笛管内的水甩掉后重新用报纸包好，放在蜂箱下一个比较安全的角落里。坐在驾驶室里的司机突然听不到笛声，便大声地问车厢里的郑大为为啥不吹了？郑大为便以竹膜吹破为由搪塞他。

司机哪里知道，郑大为突然不吹笛子是因为他想起了关云英。他想起了好几个晚上他吹起笛子时她会像仙女似的飘然而至，然后坐在他身旁用崇拜的眼神望着他，像个知音似的听着他的笛声。那时他感到自己身上的血液在奔涌，心花在怒放。可眼下他吹着笛子身旁只有两只狗，关云英是听不到了，自从对她有了好感之后，他便觉得自己吹笛子是专门吹给她听的。现在她不在身边，他吹笛子还有啥意思？他还有兴致吹吗？

不知从何时起，一想起了关云英，郑大为就像条件反射似的会去摸内衣口袋里的一块花手帕。这块花手帕是关云英用来包鸡蛋送他的，当时他没觉悟到她这块花手帕的深意，只觉得不好意思，该还她，可她说要洗净晒干才能还。但当他发现她的花手帕上有股香味时，他就不舍得还她了，像捡了宝贝似的背着师父悄悄藏起来。现在他摸着内衣口袋里的花手帕，心里却满是愁绪和不安，像丢了啥宝贝，魂都没了。他在心里悲戚地对关云英说：云英，你是个好姑娘，我这辈子再也见不到你了！他沮丧地耷拉着脑袋，任身子随车厢摇晃，一双失神的眼睛望着关云英家的方向渐渐远去……

二十七、父母逼婚

当刘裕龙把两个外地养蜂人已离开的消息汇报给厂长关秋山时，关秋山如释重负般地笑了，他觉得赶走的不是养蜂人，是一个采花大盗。这下他家里的这朵“花”便安然无恙了，他可以高枕无忧了。于是，被关了两天的关云英才重见天日。

获得自由的关云英像一只逃离囚笼的小鹿朝蜂场飞奔而去，此刻她最想见到的是那个会吹笛子、会讲故事的青年郑大为。她要把这两天不能来见他的原因一五一十地告诉他。她脚下生风，一口气跑到了蜂场。当她看到油菜花海边的帐篷不见了的时候，一种不祥之感涌上心头，她的脚步越来越沉，她的心像被一双无形的手揪着，越揪越紧。最后半里路她走得最漫长，她从兔子的速度变成了乌龟慢爬，她终于来到了蜂场原址，只见到帐篷扎过的痕迹和一堆废弃的破箱烂板及满地的羊屎样的死蜜蜂。那顶人字形的帐篷不见了，可爱的一黄一黑两只狗不见了，那些摆成长蛇状和棋盘似的黑色蜂箱不见了，更重要的是她的心上人郑大为也不见了，油菜花依然灿烂，他却这样一声不吭无声无息地走了。

他为啥那么狠心不辞而别？她想这一定有他的苦衷。不用问不用猜她都能知道，百分百是她父亲的意思。只要他父亲一句话，便会有像刘裕龙这类的马屁精替她父亲去摆平。她恨刘裕龙这伙马屁精，更恨毁了她爱情和幸福的父亲。

她像根木头一样杵在那儿，傻傻地看着，泪水很快模糊了她的双眼，接着眼眶里积聚起来的泪水变成泪珠扑簌簌地往下掉。

不知站了多久，母亲风风火火地寻来，要拉她回家，她的双脚全麻了，刚走两步身子一歪，瘫坐到地上。母亲费了好大劲儿才扶她站起来。就这样，她被母亲牵着回家了。从此，她觉得自己像一副躯壳，脑子里空荡荡的。每天傍晚她都会一个人来到四里外的那个地方呆站一会儿。起初母亲担心她会寻死，悄悄跟踪她，发现她只是在那儿待上一会儿便回家了。跟了几次母亲终于放心了，知道女儿心里仍想着那个养蜂的外地小伙子，只是以这种方式来表达对他的怀念而已。

关秋山成功地棒打了鸳鸯，赶走了郑大为后，像排除了一枚定时炸弹，可以高枕无忧地去张罗女儿的婚事了。

两天后，姜良坤便托媒婆登门正式提亲订婚了，媒婆和他儿子一起给关秋山肩扛手提地送来姜良坤的彩礼——六只贴着红纸条的大礼包，并牵来一只肥羊。关云英的母亲喜滋滋地收下彩礼，劝关云英："男大当婚、女大当嫁。云英，妈知道你的心思，你别胡思乱想了。那个外地养蜂的臭小子论长相没长相，个头又小，一年到头到处流浪，若嫁给那样的穷小子，不要说我和你爸不答应，到时你后悔都来不及。现在那臭小子走了，说明他的心里根本没有你。你该醒醒了。听爸妈的话没错，爸妈完全是为你好。"

关云英像尊塑像呆呆地坐在椅子上，眼里噙着泪花。她觉得母亲在拿针往她的心上扎。

媒婆更是口吐莲花地把姜家青年吹嘘了一番："小伙子相貌堂堂，魁梧，劲儿大，两百斤的麦子扛肩上没事一样。你若嫁给他，保准今后小日子过得有滋有味，让人羡慕！”

母亲立马接上话茬：“是啊，云英，爸妈把你许配给姜家是你的福分，这么棒的小伙子哪里找？答应了吧。”

突然，关云英站起来，像发了疯似的将桌上的大礼包一股脑儿全扔到地上，歇斯底里地大喊大叫：“我不嫁！我不嫁！让我去死吧！”

关云英双手捂住脸冲进自己的房间，“砰”地关上门，一下子扑倒在床上，放声地号哭起来。

五天前，她被母亲锁在自己的房里不让她出来，现在她却把自己关在房里，不让母亲进来。任母亲怎么央求她都不开门，母亲端来的饭菜都被她拒绝——她开始绝食了。母亲拿她一点儿法子都没有，毕竟是自己身上掉下的肉，只好陪她掉眼泪。

关云英不停地哭，开始是号啕大哭，渐渐没了力气，最后变成了嘤嘤的低泣。夜深人静的时候，躺在床上的关云英泪眼婆娑，脑子里都是与郑大为相识的往事，点点滴滴，历历在目。

她清楚地记得第一次见到郑大为时的情景：她刚从外面回家，进门时差点儿与一个陌生小伙子迎面相撞，她只是不经意地瞟了他一眼，觉得这小伙子有点儿莽撞。说真的当时她对这位少年没啥印象，随口向母亲打听了一下，得知他是个外地的养蜂人，来求父亲允许他们在这里养蜂，父亲没答应，才生了气。

几天后她与几个姐妹来到油菜地里采猪草，偶然听见了从蜂场传来的笛声，她立马就被这充满忧伤的笛声吸引了。那时她已知道郑大为的蜂箱被生产队没收了。有个姐妹觉得关厂长太欺负外地人，愤愤不平地对关云英说：“云英，你爸也太欺负人了！人家养蜂人四处漂泊，风餐露宿，生活本来就十分艰难，一句话就把人家的蜂箱没收了，这可是人家的全部家当哟，这不是等于要了人家的命嘛。”关云英望着吹笛子的小伙子发愣，她嘴里虽没回应，但她觉得这个姐妹说得没错，她为父亲的行为感到羞耻和愧疚。

一天傍晚，关云英悄悄地站在油菜地的田埂上，远远地望着朦胧的帐篷旁坐在土墩上吹笛子的外乡少年，那笛声仿佛有股魔力吸引着她，让她的双脚不由自主地朝笛声发出的地方移动……

回想起与郑大为交往的点点滴滴，她觉得最开心的时刻是在那些月夜里，她幸福地坐在郑大为身旁望着他吹笛子，那笛声进到她耳朵里如同天籁之声，令她陶醉，令她向往……而她印象最深刻的竟是那晚她偷偷地带郑大为摸进畜牧场查看被大队没收的蜂箱，那晚她觉得非常惊险刺激，就像侦探电影里一样。

二十八、出逃寻男友

这一夜关云英觉得特别漫长。在漫漫长夜里，她的心几乎没有片刻的安宁，不可救药地被一个会吹笛子会讲故事的外乡养蜂小伙子搅得一塌糊涂。那个外乡少年的影子像蚂蟥似的叮着她，不断地吸取她的感情，如果不找到他，她相信她会成为没有感情的躯壳。一个大胆的想法破土而出了，到天亮母亲来敲门叫她吃早餐的时候，关云英的这个想法已无法抑制，变成了一个决定。她知道自己不再默默承受感情的痛苦折磨了，马上可以寻得解脱的途径了。于是她的焦虑、她的痛苦暂时隐退，擦去泪痕的脸上显得安然自若，仿佛她从来没遇到过郑大为，与郑大为没有过任何瓜葛。母亲见女儿恢复到从前的状态，脸上似乎还有微笑，便高兴地认为这个死结终于解开了，压在她心上的石头也终于搬走了，总算没有后顾之忧了。关云英起床后按部就班地洗脸吃饭，然后回到房里。此时的关云英表面上风平浪静，内心却汹涌澎湃，粗心的父亲没看出来，细心的母亲也未能感觉到。他们哪里知道关云英已铁了心逃婚，她铁了心要去寻找她的心上人了。

趁父母不在家的时候，关云英悄悄把在夜里就备好的一个包袱放入柳条篮子里，再到厨房里拿了几个馒头放入篮子里，然后装着采猪草的样子用胳膊挽着篮子走了出去。碰见邻居和同村人问她是不是去采猪草，她便点点头。出了村她就像脱了缰的小马脚下生风，急急地追赶着前方的那个人。

可是前方的那个人在哪里？郑大为曾告诉她目的地是青海，她的村子是他进入青海的第一站，他会继续向青海的西北纵深前进，直到黄河边。她从没出过远门，也不知黄河在哪个方向，她从上午八九点钟开始，匆匆赶路一直没有停歇过，她沿着公路边走过了一村又一村，每到一村她都会问同样的一个问题：大伯大娘，您知道有外乡人到您村里养蜂吗？回答她的不是摇头，就是同样的一句话——没有。当走了一天双腿酸痛的关云英走向今天的第十五个村子时，已是黄昏，她只能在这个村歇脚了。

拎着包袱的关云英举目无亲，茫然地站在村口小溪边，瞧见一个中年妇女正在小溪里洗衣服，心中一喜，蹲下客气地问她："婶子，您听说有外乡人在您这儿养蜂吗？"

中年妇女抬头一看，见是一个赶路的年轻姑娘，觉得有点儿奇怪，站起身把关云英仔细打量了一番，说："没听说呀，这么晚了，你一个大姑娘家的，不怕吗？"

关云英一心想着寻她的郑大为，还没意识到自己的安全问题，听这位婶子这么一说，她真的有点儿怕了，用恳求的口气说："婶子，和您商量个事儿，您看我一个姑娘家这么晚了没地方住，可否在您家借宿一晚？我会付点儿钱给您的。"

中年妇女觉得她是个单纯的女孩，但不知她为何要一个人去寻找养蜂的外乡人？热心肠的中年妇女没再多问，便点点头说："看你一人怪可怜的，我有个女儿和你差不多大，你和她正好可睡一铺。钱就不用给了。"

关云英喜出望外地叫起来："婶，您真好。谢谢您！"

中年妇女把洗好的衣服放进脸盆，端起脸盆上了岸，客客气气地说："姑娘，跟我走吧。"关云英"哎"了一声，便跟着她走了，她身后两条黑麻花长辫子在背上直晃悠。

中年妇女领着关云英往家里走的时候，碰见了邻居和熟人，他们知道中年妇女去洗衣服是一个人，现在她居然带回来一个漂亮的姑娘，立刻引起他们的好奇和猜测，两人经过的时候他们向中年妇女问同样一个问题：枣花，是不是你亲戚？关云英这才知道中年妇女的名字叫枣花。当她们两人走过去后，他们便指指点点，羡慕嫉妒恨都有，大多是开玩笑的话，最离谱的是那几个爱捣蛋的后生，有的说关云英是中年妇女从哪里拐来给她光棍三哥做媳妇的；有的还想入非非说若能娶到这么漂亮的妮子做老婆，愿意天天给她端洗脚水；还有的露出一脸的坏笑，说若能和这妮子睡一晚死也值了。这些想法和怪论对一个大闺女来说极有杀伤力，幸好没让关云英听见，否则她非找条地缝钻进去不可。

中年妇女跨进家门的时候，便对自己的孩子大声嚷嚷说妈给你们带来一个姐姐。中年妇女有两个儿子两个女儿，大女儿已出嫁，在家的二女儿也订了亲，两个儿子还小，一个十岁一个八岁，三个孩子都用吃惊的眼睛瞪着母亲，转而用好奇却友好的眼光望着这个陌生的长辫子大姐姐。关云英笑眯眯地望着这家的三个小主人，中年妇女的丈夫也猜想可能是老婆领她来看光棍三哥的，便神秘地把她叫到厨房问这姑娘的来历。中年妇女摇摇头，告诉他女孩是来寻外地养蜂人的，天黑了想找个人家歇歇脚。她见这个姑娘怪可怜的，就答应她了，具体的情况还没问。他大致了解了这姑娘的情况，对妻子的做法也就算默认了。

枣花烙了青稞面饼做晚餐招待这位不速之客，关云英也不客气，边吃边夸她烙得真香，还说若蘸上蜂蜜吃味儿更美了。两个男孩兴奋地问她啥是蜂蜜？关云英知道自己一高兴说漏了嘴。假如郑大为不送她蜂蜜，不用说尝了，就连蜂蜜她也不知道。蜂蜜可是稀罕物，平时哪家能尝到？她遗憾地告诉他们，蜂蜜虽好吃但买不到，只有养蜂人那儿才有。见小兄弟俩一脸的失望，关云英却又把他们的希望点燃了。她告诉他们，她来寻找外地养蜂人就是为了吃蜂蜜，等她寻到了养蜂人买到了蜂蜜，就送一点儿给他们，让他们用烙饼蘸着蜂蜜吃，那时他们就能吃到美味鲜甜的蜂蜜了。两个小弟弟对她的话坚信不疑，他们开始做起了吃蜂蜜的美梦，为能吃到蜂蜜，他们甜甜地叫她姐姐，叫得关云英眉开眼笑，但她的心里却左右为难：连自己能否找到养蜂人郑大为都不知道，哪来的蜂蜜呢？她觉得自己是在忽悠小哥俩，忽悠他们全家，愧疚不已。但她在心里下了决心，无论走到天涯海角也要找到郑大为，找到了郑大为就有了蜂蜜，那时她一定会再回到这里送上两瓶蜂蜜，让他们尝尝别样的甜蜜。

夜里，枣花与丈夫躺在床上说着悄悄话，他们的话题像是在密谋什么。丈夫觉得关云英长得漂亮又孤身一人，而他的三哥正好光棍儿一条，若能撮合成一对，他三哥的光棍历史便就此结束了。当然马上向她提亲不行，肯定会鸡飞蛋打啥也捞不到，他让枣花先把她留下，然后想办法把不可能变成可能。枣花起先觉得这种做法有乘人之危之嫌，但听了丈夫的话又觉得应该一试，她说明天想办法把她留下来。这一夜夫妻俩做着同一个梦：给光棍三哥白捡一个老婆。谁知隔墙有耳，与枣花房间一板之隔的是关云英和枣花女儿睡的闺房，夜特别静，枣花夫妇的悄悄话全让关云英听见了。虽然枣花说的方言关云英不是全能听懂，但意思都明白，她觉得枣花夫妇今晚让她过夜应该感激，但想把她变成他们光棍三哥的老婆，这种强人所难坚决不能接受，趁天亮前他们全家熟睡之机，关云英在枕头上放了一元钱，然后像小偷似的赶紧溜了。

二十九、柳暗花明喜相逢

大约离关云英家一百五十公里远的一个山旮里，满眼都是金灿灿的油菜花，在这片金色的花海中间，有个宽阔、平缓的土丘，土丘边耸立着一顶帐篷，帐篷四周摆满黑色的蜂箱，这儿便是郑大为和他师父的新蜂场。此时被蜜蜂包围着的郑大为和柴槐根正戴着面纱罩在割蜜。突然，帐篷旁的两只狗叫了起来，郑大为抬头望去，发现远处有个人正往蜂场走来，撩开面纱罩仔细一瞧，是个姑娘，有点儿眼熟，便兴奋地站到高处张望。由于撩开了面纱罩，蜜蜂乘虚而入撞上了他的面额，他赶紧用手驱离蜜蜂放下面纱罩。虽看不清来人的面目，但他已认出了这个姑娘，他立马放下割蜜刀迎上去，边快步走去边取下面纱罩，声音都有点儿颤抖了："关云英，原来是你啊？你怎么找到这里的？"

关云英也认出了他，兴奋地边走边挥着手喊："郑大为，真的是你，原来你在这里！"

两个人很快走到了一起，站在一步距离的地方又惊又喜地望着对方，因双方都太激动一时连话也讲不出来。郑大为的眼光里满是疑惑，好像不相信自己的眼睛，把眼睛揉了又揉、眨了又眨，直把关云英看得面红耳赤，她收住笑容，不解地问他："咋啦？分别才十几天就不认识了？"

郑大为朝自己脸上拍了一巴掌，感觉到了疼后，才告诉她：

“云英，瞧你说的，我以为在做梦呢。我怎么也没想到你会来找我……哎，你是怎么找到这里的？”

关云英正要告诉他，突然觉得面前的郑大为和四周的油菜花旋转起来，接着两眼一黑，眼看就要倒地，郑大为急忙一把抱住她。他吓坏了，惊愕地喊着，“你怎么啦？”她无力地回答了他一个“饿”字，然后就不省人事了。郑大为却没听明白，拼命地摇着她的身子，焦急地朝蜂场大喊：“师父，快来救她！”

这时柴槐根也赶来了，一看她的状况马上便知道是怎么回事，用拇指使劲掐她的人中，转眼关云英就苏醒过来。柴槐根又把手背搭在她额上试了下体温，然后很肯定地说，她一定是饿的和累的，于是叫郑大为背她到床上躺一下，再泡杯蜂蜜水。

关云英躺在床上，脸色苍白，显得非常虚弱。她微闭着眼睛，几乎说不出话来。

郑大为用温水泡了一杯蜂蜜茶，一勺一勺地喂她，看着她一口一口地吞下。不一会儿，她终于缓过气来，身上似乎有了力气，脸色也红润起来。她想爬起来找什么东西，郑大为立刻把包袱交到她手上，问：“是找它吧？”

她点点头，甜甜地笑了，然后感激地望着郑大为：“大为，谢谢你！”

郑大为奇怪地问：“你为啥要找我？你是怎么找到这儿的？”

关云英苦笑道：“一言难尽。你不愿意见我？”

郑大为说：“不，我愿意！连做梦都想见到你……可我是个流浪汉，而你是关大厂长的千金，我怎敢高攀啊。”

关云英说：“你的话我不爱听，什么厂长的千金？在我父母眼里，我只是一件可利用的物品，他们根本不顾我的感受，让我很失望……”

郑大为说：“此话怎讲？”

关云英有点儿不悦：“别提了，一提起来心里就堵得慌……”

郑大为为难地说：“可我这儿条件这么艰苦，你也待不了几天，等你身子恢复好了，我送你回去吧。”

关云英生气了：“什么？你要赶我走？好，我现在就走！”说着气呼呼地挣扎着欲爬起来。郑大为一时不知所措，非常焦急，连忙说：“我没赶你走。”

帐篷外的柴槐根发话了：“大为，你怎么惹云英生气了？云英大老远一路找过来，好不容易找到你，你还不领情？叔把话丢这儿，若是云英走了，我饶不了你！”

郑大为央求道：“云英，你别生我的气，我是怕你吃苦才这么说的。我叔就是我师父，可凶啦，你若走了，他非揍扁我不可。求你别走，好吗？”

也许郑大为的样子有些可笑，关云英捂住嘴笑了，回敬他说：“我可不想让你师父把你揍扁噢。”

郑大为知道她不会走了，松了口气，心里一乐，便高高兴兴地去给她煮稀饭了。

煮好稀饭端给她吃后，他便想着她住哪儿的问题了。一顶帐篷里只有一张用蜂箱拼成的床，他和师父凑合着还行，但关云英一个大姑娘总不能也凑合进来吧，他决定给她再搭一顶帐篷，于是拿了把斧头去附近的山上砍几根小树。关云英吃完稀饭后觉得身上有了力气，能下床走动了，便想去帮郑大为，柴槐根也没阻拦，嘱咐她小心点儿。

她刚走到山脚下，便见郑大为拖着几根小油松树下山了。他肩上扛着小油松的根部，大部分的枝丫和树叶在地上拖着，像一把硕大的扫把，关云英觉得他应该把枝丫统统砍掉，这样就不会太费劲了。但郑大为像有玄机似的秘而不宣，只说到时她便知道为何要留住它们的缘由了。

回到蜂场，郑大为挨着自己的帐篷给她搭了一顶新帐篷。他把油松的枝丫全砍去后成了树干，再用铁钉把树干钉成人字形的梁，披上旧帆布，帆布上再铺一层带叶的油松枝，帐篷便搭起来了，又用四个旧蜂箱当床板，找出一条旧毛毯铺在床上，床铺也完成了。这时已近黄昏，大功告成的郑大为不好意思地对关云英说："如果你不嫌弃今晚只好这样将就了。"关云英笑着说已经很好了，她告诉他，她曾在桥洞里睡过一晚。这下把他吓了一跳，一个大姑娘睡在桥洞里一整夜，万一遇上坏人怎么办？幸好她平安无事。

晚饭后，已好多天没心情吹笛子的郑大为又兴趣盎然地吹起来了，她像往日那样坐在他身旁，无比幸福地望着他，陶醉般地聆听着。这一夜郑大为像是为她举办了个音乐会，一曲接一曲，直到吹得口干舌燥后劲不足跑了调才停下。但两人仍无睡意，兴致勃勃地聊天，聊着聊着关云英却哭了起来，又把郑大为吓坏了，以为自己哪儿得罪了她。在他的追问下，本不愿提及的伤心事她终于对他讲了。郑大为张着嘴像在听书上的故事难以置信，现在他终于理解她说过的"在我父母眼里，只是一件可利用的物品"的真正含义了。他突然为自己对她的误会感到羞愧不已，向她道歉道："我以为你真的不理我了，所以我才不辞而别。是我错怪你了，请原谅！"关云英立马原谅了他。她从不相信他是个薄情郎，她认定他是个有情有义的小伙子，所以才趁机逃出来找他。

一场误会消除，两人的心紧紧连在了一起，她情不自禁地靠在他的肩膀上，等他把她揽入怀中，可是从没碰过女人的郑大为被这突然的举动吓蒙了。关云英感觉到了他的颤抖，问他究竟怕啥，并有点儿生气地说：“胆怯不是男子汉。”谁知她的这句生气的话却给了郑大为勇气。郑大为勇敢地一把将她揽入怀中，紧紧地抱着，闻着姑娘身上迷人的芳香和气息，他像喝了浓烈的佳酿慢慢地醉了。

就这样，郑大为和关云英开启了浪漫而艰辛的养蜂生活。

三十、“分家”闯天下

郑大为像一个南征北战的战士，不，拿郑大为的话说是一位南征北战的“空军司令”，几十万的蜜蜂便是他的兵。关云英嫁给他，便是“随军家属”了。

这时郑大为和柴槐根各自都有了想法。郑大为觉得现在和以前不一样了，以前和师父在一起生活像父子一样，没什么可顾忌的，现在是三个人，他和关云英都觉得有许多不便。郑大为心里冒出了“分家”的念头，却开不了口，怕师父说他不知感恩重色轻师，过河拆桥没良心。柴槐根能感觉到郑大为的情绪和心思，也觉得自己夹在他俩之间像个电灯泡。弄得他俩不自在，自己也不自在，也许到了该分家的时候了。迟分不如早分，他知道郑大为没有勇气提出来，那就干脆自己提出来，干脆早点儿把这事了结掉，对双方都好。

他终于把憋了好几天的话说了出来，郑大为心里一喜，对善解人意的师父感激涕零道：“您是世上最好的师父！”柴槐根的确是少有的好师父，为了成人之美，他愿意“分家”，而且没对徒弟趁火打劫地捞一把，他除了按股份分给郑大为三十箱蜜蜂和一百八十元现金外，还另外多分了郑大为十箱蜜蜂。郑大为不好意思多占多要，柴槐根说，是送他俩的新婚礼物，一定让他收下，郑大为感激涕零地说：“像您这么好的师父世上没有第二个了。”柴槐根笑了笑说：“师父只希望将来你发达了还记得我是你的师父就行了。”郑大为认真地说：“我郑大为可不是那种没良心的小人，师父的恩情大为以后一定涌泉相报。”

就这样，三年前，郑大为的父亲把幸存的十箱蜜蜂放柴槐根那里寄养，郑大为毅然辍学替父养蜂并拜柴槐根为师，到了今天他的蜂群连师父送的十箱竟然达到了四十箱。郑大为想起三年前为了生产队不处罚父亲，曾在生产队长郑乾面前满怀豪情地表过态发过誓，五年后一定会把父亲损失掉的一百箱（包括幸存的十箱）蜜蜂一箱不少地还给生产队。三年后的今天已过了大半时间，加上师父送的十箱还不到一半。关云英知道此事后不免替他着急起来，担心地说：“再过两年还没有一百箱蜜蜂怎么办？”郑大为却不急不躁，成竹在胸地告诉她，有了这四十箱打底，他敢保证再过两年他的蜜蜂不止一百箱，保守估计一百二十箱。

关云英笑他吹牛不腰疼，时间都过去了五分之三，蜂群才繁殖到目标的五分之二，还有五分之二时间怎么完成目标的五分之三呢？到时看你咋交代？郑大为说本来到现在至少能有八十箱。关云英惊讶地说能有八十箱？郑大为不容置疑地点点头，遗憾地说可惜被她父亲害了，被她父亲那么一折腾损失惨重。

讲到她父亲，关云英就不吭声了，她觉得郑大为没冤枉她父亲。假如父亲没有没收他们的蜜蜂，也许真如他说的有那样的成果了。不过郑大为的信心并没有被挫伤，他相信两年后会替父亲还清欠生产队的一百箱蜜蜂的债。眼下柴槐根提出“分家”，今后关云英可要跟郑大为结婚，组建自己的小家庭，一起打天下了。想到这些，关云英既兴奋又激动，她憧憬的就是这样游牧式的生活，如今她的游牧式的生活就要开始了。

柴槐根说到做到，他让郑大为先挑四十箱蜜蜂，剩下的归他自己。郑大为没挑，按排列的顺序点了四十箱。这时油菜花期即将过去，都该移场了。师徒俩从此要分道扬镳各奔东西了。柴槐根说，青海的油菜花期是全国最迟的，它的花期一过，就等于全中国的油菜花期都过了，所以他打算去甘肃，因为甘肃的葵花即将开放，他问郑大为有没有想好去哪里。郑大为摇摇头说不知该去哪里，柴槐根建议跟他去甘肃。郑大为心想，他和师父分家只是不一起放蜂，两人可以同在一个县或同一个乡镇，就像他父亲和柴槐根一样隔着几里或几十里放蜂，相互好有个照应，就爽快地答应了。为表示感恩，郑大为揽下此次雇车的任务，关云英嚷着要跟他一起去，就这样，郑大为哼着小曲儿带着关云英推着师父的破永久牌自行车便去雇车了。

关云英只见过邮递员骑的绿色自行车，自己从没碰过自行车，郑大为让她先坐到后座上去，可郑大为上车时推着自行车右脚一蹬，自行车猛烈地晃动起来，关云英的屁股没坐稳，加上一慌张人就掉下来了，差点儿摔倒，试了几次还是不成。关云英说自己笨。郑大为改变方法，他先上车，等他骑稳了她随着自行车跳起来坐到后座上，试了几下终于成了，但因路不平自行车总在颠簸摇晃，关云英只好抱住他的腰。柴槐根在远处看见就笑了，风趣地朝着他俩扯着喉咙喊：“云英，抱紧点儿，别让他甩啦！”

郑大为是第一次骑车搭人，关云英紧紧地抱着他，他觉得特别甜蜜，浑身是劲儿，把自行车踩得飞快，拼命地按着铃。行人听见铃声纷纷避让，瞧见自行车上浪漫的一对，尤其关云英背后飘舞起来的大辫子像在炫耀，人们便流露出羡慕嫉妒的表情和话语来。他们说的都是土话，郑大为和关云英都听不懂，也毫不理会，他们陶醉在自己浪漫的自行车之旅中，向四十公里外的县城骑去。

到了县城南大门，郑大为先一跳坐到自行车横挡上双脚落地，自行车停稳，关云英才把心放下同时也跳下了自行车。下了车她才觉得屁股被后车架硌得生疼，边用手揉着屁股边哎哟哎哟地叫。郑大为对她说："回去坐汽车，不会让你硌屁股了。"关云英一时没悟出来，说："咱有自行车，干嘛要坐汽车？自行车不要了吗？"郑大为瞧着她嘿嘿地笑，她这才想起来现在是来雇汽车的，自行车可以放汽车上，人当然坐汽车了，便高兴地说："我还没坐过汽车哩，今天我不仅第一次坐自行车，而且马上要第一次坐汽车了。"

县城的街道很窄，人很拥挤，郑大为推着自行车一路打听县运输公司在哪儿，关云英像怕走丢了似的紧跟着他，这是她第一次进县城，一切都让她好奇，像刘姥姥进大观园。街上两旁的店铺琳琅满目，还有不时擦肩而过叫卖的小贩，让她目不暇接。郑大为担心她会被人冲散，只好停下等她，等她到跟前便嘱咐她抓住自行车后架，这样就不会走散了。关云英抓着自行车后架跟着走，穿过茫茫人海，走过两条大街一条小巷，边走边问，问了十几个人后，终于在一个十字路口找到了县运输公司。这时已近中午，看门的大爷问他找谁，郑大为说找经理。大爷问他认不认识经理？郑大为摇摇头，此时他想表现一下自己的幽默，便说是给经理送钱。看门大爷脸色一沉，严肃地说："你这是行贿是犯罪，不准进去。"郑大为哈哈大笑起来，关云英急忙去扯郑大为的袖子，替他向大爷解释："我们不是送钱，是来雇车拉东西的。"郑大为顺坡下驴地问大爷："我们给你们公司送生意不就是送钱吗？”看门大爷这才让他们进去。关云英怪郑大为说话离谱差点儿进不了运输公司的门，郑大为神气地说：“这不是进来了吗？只能怪老大爷不懂幽默。”

就这样，郑大为雇了两辆卡车，柴槐根有一百五十箱蜂，郑大为给他雇了一辆大卡车，自己只有四十箱，给自己雇了一辆小货车。在财务室郑大为交了两辆车的一百元预付款后，汽车队的薛队长把郑大为带到停车场等驾驶员。这时关云英也把自行车推来了，稍后薛队长带来了两个驾驶员，一位姓钱一位姓郭，介绍完薛队长就走了。郑大为给他们各递了一支大前门香烟，钱师傅和郭师傅都很热情，还帮郑大为把自行车抬进他的车厢里，他们向郑大为问了些情况后就上车了。钱师傅开大货车驾驶室宽敞，郑大为和关云英就坐在钱师傅的驾驶室里，后面的小货车跟着大货车，一大一小两辆货车向蜂场方向疾驶而去。关云英第一次坐汽车，两眼兴奋地一会儿看着前方，一会儿看着右边的车窗外，看那景色从远到近，车窗外的行人、房子和树木纷纷后退，觉得自己像只低空飞翔的鸟开心极了。半小时后他们便抵达了蜂场。柴槐根见开来一大一小两辆货车，心里高兴地说：“这小子一个人也能办成事了，是可以出师了，我可放心了。”

柴槐根早把移场的准备工作做好了，车一到马上装车，两位司机师傅同时充当了装卸工，本需小半天的工作，一个小时就搞定了，这时已近黄昏，一大一小的两辆货车披着晚霞出发了。相依为命的黄狗和黑狗要跟随各自的主人，难舍难分，郑大为没难为它们，让自己的黄狗随黑狗去坐大货车，也好给师父看蜂箱。车厢里的蜂箱堆得山一样高，没法坐人，郑大为只好和关云英挤在小货车窄小的驾驶室里。后来在路边的小饭店吃过晚饭后，柴槐根意识到这点，就主动让郑大为和关云英去坐宽敞的大货车驾驶室，这样两人就不会拥挤舒服多了。

车子一路向东行驶，第二天在路上发现了甘肃省某县的一处大面积的葵花地。停了车，柴槐根观察一番后说这里是放蜂的好地方，问郑大为想不想在这儿放，如果他愿意就让给他。郑大为也觉得在这儿建蜂场很不错，同意了师父的建议。柴槐根告诉他这个县是葵花大县，到处都有葵花，附近肯定还有，他的蜂场不会太远，到时他会过来告知的。他给郑大为打“预防针”，警告地说：“大为，你听着，有句话我可先说在前头，往后你若欺负云英，我可饶不了你啊。”然后对关云英说，“云英，往后大为若欺负你，你尽管告诉我，我会替你做主收拾他的。”

郑大为笑呵呵地说：“师父，您把我看作啥人了？放心吧。”

关云英也笑嘻嘻地说：“槐根叔，大为人挺好的，您放心吧。”

柴槐根交代过后就上了大货车继续赶路。郑大为选好地方让小货车司机把车倒进去，司机也帮着卸下蜂箱，和司机结了账，他觉得司机人挺好，又送了他一瓶蜂蜜。司机如获至宝，谢过后便向郑大为告辞了。

郑大为和关云英两个人立马忙碌起来，他们先摆放好蜂箱，再搭帐篷，然后准备做饭，他们的肚子早就饿了。郑大为让关云英去找野菜，他来造土灶。关云英拎着旧书包走了。郑大为是造土灶的高手，他在师父造的土灶基础上加以改进，效果大不一样。他找来五块石头围成可放钢精锅的样子，再用洋锹在石头围成的中间掘了一个二十厘米深的小坑，然后用铁棍分别在坑后和上方各捣一个小洞，并将两洞打通，用一根手臂一样长和粗的竹筒插进上面的洞做成烟囱，大为式的土灶就横空出世了。

关云英采回野菜，见郑大为在奇怪的灶上做饭，非常好奇。灶膛里的火苗呼呼地往上蹿，没烟，那烟都从毛竹筒口跑出来了，比柴槐根造的土灶先进了许多。关云英竖起拇指夸他是个天才，问他怎么想到造这种世界上独一无二的土灶的？郑大为说："因为我家里的灶就是有烟囱的，我只是模仿而已，这烟囱作用可大了，可以把灶膛里的烟吸走，也可让灶膛里的空气流动起来，火就会旺起来。"饭菜烧好后正要吃，这时他像想到了什么，说："糟了，把这事都忘了。"郑大为让她先吃饭，去去就回，便拎起书包走了。关云英知道他是去求村领导，她不想一个人先吃，等他回来一起吃。不到一个小时郑大为就满面春风地回来了，关云英知道事情已经办妥。郑大为开心地告诉关云英大队书记同意了，他们可以安心地在这里安营扎寨放蜂了。

郑大为发现关云英没吃饭一直在等着自己，有些感动，便问关云英："以后我们俩就是过这样的生活了，你会后悔吗？"

关云英笑道："有啥可后悔的？我来找你就是准备吃苦的嘛。你能吃什么苦，我也能吃！不过，我们不光吃苦，还有甜甜的蜜。有苦就有甜！这就是生活。"

郑大为惊讶地望着她，夸赞道："云英，看不出，你的话像文学家说出的一样，真有文化。以后你要教我学文化。"

关云英有点儿骄傲地说："好啊，你也要教我吹笛子。"

从这天开始，两人便开始了独立的放蜂生活。

三十一、挺进大别山

一年后的夏天，南方的油菜花期已过，郑大为听说大别山一带的夏天野花很多，野花蜜价格也比油菜花蜜高，便决定挺进大别山采野花蜜。这时他已移场至赣南一个小镇，赣南到大别山非常远，但有通往大别山的铁路，他知道火车的运价比汽车便宜许多，便打算用火车运蜂箱。关云英对他言听计从，而且她还没坐过火车，一脸的兴奋，仿佛是带她去旅游一样。郑大为先给她泼了一盆冷水，告诉她别想得太美，到时别哭鼻子。关云英回他有啥好怕的，大不了脸被吹黑。郑大为满意地说："好啊，这叫同甘共苦，那我就放心啦。"他骑车去雇货车了。此时郑大为已今非昔比，他的蜂箱增加到八十箱了，而且还买了一辆永久牌自行车。他雇来一辆大卡车，将蜂箱运至火车站货场上。到了火车站货场后郑大为不禁叫起苦来，原来货场上摆满了待运的货物，其中有一大半是堆积如山的蜂箱，一堆堆高高地码着的蜂箱像集团军的露天弹药库，无数的蜜蜂在蜂箱及附近的上空飞舞。每堆蜂箱的旁边搭起了像古战场的营帐似的帐篷，表明每堆蜂箱的主人就在它旁边的帐篷内。帐篷里，养蜂人相聚在一起，或喝酒，或打牌，或聊天，南腔北调，声音嘈杂。货场的地盘几乎被他们占领，郑大为看来看去发现有一个角落的两堆蜂箱间距比较大，勉强还能挤挤，便走进这个角落的一顶帐篷里求人家行个方便。郑大为运气好，碰上了好心人，这堆蜂箱的主人爽快地说：“我们养蜂人都不容易，能让一下就让呗，不用商量，挤挤没事。”郑大为谢过后把蜂箱卸下来。卸完蜂箱再搭帐篷，搭好帐篷，郑大为和关云英便开始等着火车的到来了。

一列火车吐着浓烟滚滚向前奔驰着。第五节车厢上，高高地叠堆着蜂箱，这节车厢装着两户人的蜂箱，所以蜂箱分成一大一小两堆，小堆是郑大为的，大堆是另外两个中年男子的，郑大为和关云英在前头押运，另外两个中年男子在后头押运。忠诚的黄狗趴在郑大为的脚边，它不像关云英第一次坐火车那样兴奋，安静地趴着不叫不闹，像个听话的乖孩子，默默地看着郑大为。郑大为和关云英肩并肩紧紧地坐在折叠帐篷帆布上。第一次坐火车的关云英既兴奋又有点儿紧张，火车“呜”的一声长鸣后，车厢“哐当哐当”地启动了，关云英身子猛地一晃吓得赶紧抱住了郑大为，但随着火车加速到一定速度开始平稳了，她的脸上也露出了笑容。风像一双看不见的手撩起了她的刘海和长辫子，她一双惊喜的眼睛目不暇接地望着迅速向后退去的田野、山川和农舍、村庄。他们依偎着，仿佛开始了一次浪漫的旅游，被幸福包围着。

三十二、幸福的大峡谷

郑大为和关云英一路颠簸，在大别山附近的一个小火车站卸下蜂箱，这时郑大为最紧要的事是去找蜜源。关云英和黄狗留在货场看守，他骑着永久牌自行车向山区出发了。自行车在穿过田野的公路上飞驰，他的衣角被夏风吹得飘了起来，像电影里执行任务的一名武工队队员。放眼望去，宽阔的田野上，稻浪滚滚，即将成熟的稻谷低垂，丰收在望。可他心里并没有丰收的喜悦，他渴望的是另一种丰收，这种丰收就是能给他带来蜂蜜和蜂王浆的那些花儿。眼下田野上已经没有能让他丰收的花了，那些开在山谷里尚不知名的野花是他的希望。他的一双脚像两只机械的摇臂不停地摇着自行车的大齿轮，让远方的山谷越来越近。

快到山谷的时候迎面走来一位荷锄的老农，郑大为停下车向老农开始询问现在的山上有没有花，老农觉得他提的问题很奇怪，难道这位骑自行车来的小伙子想进山摘花？虽然没弄明白他的动机，还是如实告诉了他。山上的花多着哩，有映山红、紫藤花还有栀子花。果然传说不假，郑大为激动地握住老农的手致谢。这时老农恍然大悟，问他是去摘栀子花卖吧？未等郑大为回应，老农便善意地提醒说，山上有野兽还有毒蛇，让他小心，还劝他一个人最好别去。郑大为早已乐不可支了，哪管老农的警告，即使明知山有虎也要偏向虎山行了。他谢过老农后，快马加鞭，很快拐进一条通往山谷的简易公路。

夕阳的余晖中，郑大为终于骑着车进了一条大峡谷，眼前出现了令他欣喜若狂的景象：一条山溪两面的山上开着成片红色的映山红和白色的野栀子花，更多的是在悬崖峭壁上开着的紫藤花，满山遍野，仿佛走进了一个开满鲜花的童话世界，郑大为激动得像诗人似的大喊起来："美，真美！简直是人间仙境，蜜蜂的天堂！我做梦也没想到啊！"

感慨一番后，郑大为才兴高采烈地在黄昏中急忙返回。

货场明亮的灯光早已亮了，却迟迟不见郑大为骑车回来，关云英不时地跑到货场外张望。终于听到了自行车的铃声，她赶紧跑出帐篷，见郑大为回来了，她悬着的心落了地，半怨半喜地说："以为你被大灰狼吃了呢。"郑大为边停车边吓唬她说："你别说，那地方可真有大灰狼哩，幸好我没遇上。"关云英知道他在开玩笑没往心里去，只是问他有没有找到可以放蜂的地方。郑大为神秘地说："那是一个你怎么也想不到的好地方。"关云英喜出望外地问他那儿都有什么花？

郑大为立马得意起来："一条大峡谷，满山遍野的花，红的是映山红，白的是栀子花，还有紫色的紫藤花。你喜欢吗？"

关云英兴奋地叫起来："喜欢！那一定是个像仙境一样的地方，太美了！"

郑大为刮了她鼻子一下，当场做出了决定："明天我们去仙境！"

第二天早晨，郑大为雇来一辆货车运送蜂箱。开到大峡谷口货车停下来，因为大峡谷内不通公路，蜂箱不得不卸在大峡谷口的路边上。那些满山遍野的花离大峡谷口起码有三里远，郑大为只好去最近的村庄借板车。借到板车后，郑大为陆续将这些蜂箱运进大峡谷里面一个比较平坦的地方。当关云英随他运送装着帐篷的最后一车进大峡谷后，见到了两边山崖上的野花，越往里面野花越多，那景色和郑大为描绘的一样壮观美丽，她兴奋得像个诗人，大声喊道："嗬，火红的映山红，雪白的栀子花，紫色的紫藤花，简直是个天然的大花园！酿出来的蜜一定特别香甜！"

走在前面拉着小板车的郑大为虽然文化水平没她高，但他也有出口成章的时候，现在他被她的激情感染了，马上甩出了被他篡改过的两句古诗："啊，山重水复疑无花，柳暗花明大峡谷。"

郑大为在这块平坦的地方做蜂场时很有创意，他把蜂箱摆成了中国铁路标志图：蜂箱围成标准的一个大半圆弧，圆弧口再叠放了一排蜂箱，帐篷搭在大半圆里面。关云英觉得这次摆的蜂场几何图形很有美感，夸了他几句，问他是不是坐了火车受到启发，郑大为点点头，也夸她聪明，关云英开心地笑了。

当相爱的小两口遇见仙境般的美景时，夜自然便有浪漫的情怀了。晚饭后，郑大为吹起了笛子，那时全国各地的城镇乡村都在放映电影《甜蜜的事业》。郑大为和关云英曾让黄狗独守蜂场溜出去看过两场，虽然知道是宣传计划生育的电影，但他们都把它当作是宣传养蜂人生活的电影，关云英总是振振有词地说，养蜂人从事的就是甜蜜的事业！她一定要让郑大为学会吹电影主题歌《我们的生活充满着阳光》，她说这是她听过的最好听的歌，还说这首歌就是专门为他俩写的。郑大为也默认了她的说法，并且像个参加全国吹笛子大赛的选手一样天天勤学苦练，练了七天才学会吹这首歌，现在，他坐在山溪边的一块巨石上把《我们的生活充满阳光》吹起来了：

幸福的花儿心中开放
爱情的歌儿随风飘荡
我们的心儿飞向远方
憧憬那美好的革命理想
……

依偎着郑大为席地而坐的关云英脸上挂着幸福的微笑，她听着郑大为深情欢快的笛声，憧憬着他俩未来美好的生活，她的心里真如歌中所唱“幸福的花儿心中开放”，不由得陶醉了。郑大为差不多吹了十遍之后，她终于满足了，他收起了笛子。此时夜空中满天的星星眨着眼睛，劳累了一天的蜜蜂已然休息了，周围没有了像白天那样巨大的轰鸣声，耳边传来的只有阵阵的虫鸣声和潺潺的溪流声，使大峡谷的原野显得格外静谧。习习的凉风轻拂着两人的面颊和头发，让他们觉得好不惬意。

郑大为先打开话匣子，他向关云英问了起码有十回同样的话:“云英,你一个厂长的千金嫁给我,跟着我风餐露宿到处流浪,后悔吗？”

关云英也不嫌他啰唆，每回她都用同样的话回答他：“后悔？后悔的话我现在还会在你身边吗？能和相爱的人在一起，再苦再累也觉得甜！”

每回听到她同样的答案，郑大为都会有一种喝了蜜茶的感觉,他情不自禁地低头吻了她一下,然后真诚地说:“有你在身边，再苦再累我也觉得甜。有你真幸福！”

可令他们没想到的是他俩的爱情真的像《甜蜜的事业》中出现的情况，让他们措手不及。两人正你一言我一语说着悄悄话的时候，关云英突然觉得一阵恶心，接着便呕吐起来，这下把郑大为吓坏了，以为她着凉或吃了啥东西吃坏了肚子，可是夏天的晚上吹着凉爽的风应该舒服呀，怎么会着凉呢？而她也没吃别的食物，不可能吃坏肚子呀。关云英也想不出什么原因，只是说今天她已经吐了好几次，也没吐出啥，就是觉得恶心。两人脑壳都想破也没想出一个结果来，郑大为只好安慰关云英，还给她揉肚子，他们不再有好心情坐在眨着眼睛的星空下说悄悄话了。回到帐篷，郑大为用温水给关云英泡了一杯蜂蜜茶，她喝了之后说舒服多了。可是第二天还没起床她又呕吐了，而且呕吐得比昨晚还凶，心急如焚的郑大为把黄狗留在蜂场看守，当即用自行车火速送她去乡卫生院，十五里路不到二十分钟就赶到了。他风风火火的样子把一个女医生吓了一跳，女医生以为关云英需要急救，但看她从自行车上下来会走路会说话也不呻吟，没事人一样，便问她："怎么啦？哪里不舒服？"郑大为抢先答道："她呕吐，昨晚开始已呕吐了五次。"女医生不高兴地喝住了他："是你看病还是她看病。"郑大为只好闭嘴。

女医生经验丰富，还没看差不多就知道关云英是啥病了，她笑眯眯地问了她一句："你是不是感到恶心想吐又想睡？"关云英点点头，女医生又问："你是不是想吃酸的东西？"关云英用奇怪的眼神望着她又点点头，女医生像一下子找到了病根子，笑嘻嘻地跟她说："你要做妈妈了。"再扭头对郑大为说："你要做爸爸了。"关云英的脸像染上了晚霞红彤彤的，郑大为还在梦里未醒似的愣在那儿，女医生问他："不乐意吗？请客！"郑大为这才像从梦里醒来，高兴得蹦起来大喊："我要做爸爸喽！我要做爸爸喽！"他立马跑出去，转眼跑回来时手里便有了一大把水果糖，全塞给了女医生，然后欣喜若狂地骑上自行车带着关云英回蜂场，自行车骑得也像他一样春风得意。站在卫生院门口的女医生朝他急喊：“悠着点儿，当心把她肚里的孩子颠没啦！”郑大为像被蜂蜇似的一激灵，急忙刹车减速，之前的自行车像匹战马，之后的自行车平稳得像被驯服的良驹了。

回到蜂场后，关云英在郑大为眼里成了国宝大熊猫，为保护这位“国宝级”人物，他与她约法三章：从今天开始在她怀胎十月期间不准干劳累活儿，不准生气，不准吃剩菜陈饭，要吃好睡好休息好等等。关云英笑着说：“你是想把我当猪养吧？”郑大为乐呵呵地回应：“错啦错啦，猪吃啥你吃啥？咋会一样呢？从今天开始每天保证供应你一个鸡蛋。”

郑大为说到做到，立马骑车去采购鸡蛋，他用一瓶蜂蜜换回二十个鸡蛋，下锅煮了两个，全给了她，硬看着她把两个鸡蛋吃下去。

三十三、半夜遇蛇

夜里，郑大为和关云英相互依偎着躺在用空蜂箱拼成的床上，开心地聊着天，憧憬着做爸爸妈妈的那一天，最后甜甜地进入梦乡。

突然，黄狗“汪汪汪”地狂吠起来。两人都被惊醒了。有情况！关云英吓得紧紧抱住郑大为，问道：“会不会有人偷蜂蜜？”

见关云英受了惊吓，郑大为赶紧安慰她：“没事，我去看看。”他随手抄起地上的一根木棍，拿着手电筒猫身走出帐篷。

郑大为打着手电朝四周逡巡，没看见人影，竖着耳朵仔细地听了一会儿，也没什么动静，正想回帐篷，黄狗却又跑到帐篷的后面叫起来。郑大为用手电去照黄狗，只见黄狗朝着帐篷后面的下方作扑咬状，但又不敢扑上去撕咬，像遇上了什么可怕的东西。他终于看清楚了，原来是一条大黑蛇，蛇身已进了帐篷，帐篷外只露出一条手指粗的尾巴。郑大为的心立马悬起，他担心床上的关云英，万一……他丢下木棍去抓蛇尾巴，可这蛇非常狡猾，它的身子不住缠住了什么怎么拉也拉不出来，正想掀掉篷布，蛇尾巴断了。郑大为扔掉了蛇尾巴，拾起木棍迅速钻入帐篷，此时关云英已知道是大蛇入侵直逼她睡的床了，吓得尖叫着像猫似的缩成一团浑身发抖；见郑大为进来仿佛见到了救命稻草扑向他，一把搂住他的脖子，郑大为不住地安抚地说着：“别怕别怕！”可关云英觉得大蛇就在脚下的地上甚至床上，她把他的脖子当成树整个人都悬空了。郑大为干脆将她挪到自己背上背着，然后用手电去照地上，寻找断了尾巴的大蛇，狡猾的大蛇早藏匿起来不见了踪影。他断定大蛇肯定钻进了床底下空蜂箱的隙缝里了，便掀掉草席撸去铺在蜂箱上的稻草，然后小心翼翼地拖出蜂箱，拖了两个蜂箱果然见到大黑蛇挤在箱缝里。没了藏身之处的大黑蛇惊慌地往帐篷边溜去。郑大为挥起木棍朝它的头上身上一阵猛击，大黑蛇被打得晕头转向盘蜷成一团，郑大为对准它的七寸一棍毙命，又用木棍将大蛇挑到帐篷外，然后叫关云英下来。关云英仍心有余悸地不敢下地，好像地上仍然有蛇似的，郑大为吓唬她说："那只好让你在我背上看我剥蛇皮了。"她哪有这胆子？无奈地从郑大为的背上下来。郑大为让她拿着手电给他照明，他用一把螺丝刀将蛇头钉在一块木板上，再用小刀在蛇头上划了一圈，轻轻从刀口处撕开蛇皮，然后一只脚踩着木板，两只手捏着撕开的蛇皮往下用力拉扯，那蛇皮像脱长裤一样轻松地扯了下来。这种血腥的场面关云英哪敢看，手电的光老照不到该照的地方，郑大为不断地提醒她。他将蛇肉放脸盆里，她赶紧叫他把脸盆拿到帐篷外面去。郑大为乐呵呵地说："别怕，明天炖了它吃！"告诉她蛇肉味道鲜美，很有营养，正好可给她补补。关云英摇摇头说不敢吃。到嘴的美味不敢尝，郑大为笑她是胆小鬼。

大黑蛇虽被消灭了，但关云英仍心有余悸，她让郑大为紧紧地抱住她，仿佛一松手蛇就找上门来了。一开始郑大为还觉得甜蜜幸福，可时间一久就苦不堪言了。第二天起来后，两条胳膊又酸又痛，浑身不舒服，脑袋像喝醉酒一样昏昏沉沉。

郑大为清炖了蛇肉，香气弥漫开来，关云英闻着也觉得好舒服，当蛇肉炖烂郑大为大快朵颐时，她嘴里的口水也禁不住流出来了。她先尝了一口鲜美的汤，觉得味道不错，便与郑大为一起把蛇肉和汤全部消灭掉。事后关云英说本不敢吃蛇肉喝蛇肉汤的，但为了肚子里的孩子，只好豁出去了。对她吃蛇肉喝蛇肉汤的理由郑大为十分赞同，他说她现在需要滋补营养，但不是只为了她自己，而是为他们的下一代做贡献。

郑大为很快发现从大山深处蜿蜒而出的山溪里有很多鱼，大的有手掌大小，小的也有一两指宽。鱼也是营养丰富的天然滋补品，但山溪里这些鱼非常敏感，只要发现有动静就躲进了石缝和石洞里，想抓住它并非易事。郑大为想到了钓鱼，便到集市上买来尼龙线和鱼钩，上山砍来小竹竿做成渔竿，再掘土找来蚯蚓做诱饵，一试，鱼就上钩了。钓上来的第一条有三指宽，关云英兴奋地端来盛着水的脸盆，鱼儿脱钩后丢进脸盆里，横冲直撞像在溪里一样鲜活。也许这山溪里的鱼没人钓过，诱饵扔下去它们就抢食，眨眼又一条上钩了。关云英发现鱼在溪里你要抓它连一片鳞也别想捞到，只有望鱼兴叹，可用鱼饵钓它却如囊中取物般的轻松，便也想试试。郑大为觉得这活儿正适合她，简单讲了要领后把渔竿交给了她。

关云英不负所望，下饵片刻鱼就咬钩了，也有三指宽，甩上来在地上活蹦乱跳，她高兴得像小孩似的欢叫起来。郑大为夸她出手不凡，没钓过鱼，居然一眨眼就出师了。关云英也当仁不让地说："以后想吃免费的鱼由我来提供好了。"郑大为赞同她的说法，高兴地说："这条山溪就是我们的养殖场，从今往后我们啥时想吃，你啥时钓，钓他个半脸盆或一脸盆。红烧、烧烤、油炸美美吃个痛快，全免费，把我老婆孩子补得白白胖胖。老婆漂亮，儿子聪明，让人羡慕嫉妒。"这话把关云英逗得脸上笑成了一朵花。关云英却说只怕鱼吃得太多到时会厌了腻了不想吃了。郑大为说那就隔几天再吃，隔几天就有胃口了。

虽离怀胎十月分娩还早呢，但郑大为和关云英未雨绸缪已经提前开始给自己的孩子取名了。郑大为文化水平不高，他让关云英多动动脑筋，能取个既好听又寄予望子成龙、望女成凤的好名字。他们觉得给孩子取名也应有个规则，有的按辈分，有的五行缺水就取与水有关的名字等等。郑大为和生活阅历丰富的柴槐根叔学了几年这方面略知一二，他说："我们孩子的名字应有纪念意义，可以用出生地作名，如在安徽出生可取'安生''皖生'什么的，我们是养蜂人，一年四季都在追花夺蜜四处漂泊，所以孩子的名字最好与会开花的树草农作物有关。如果是女儿就好取多了，什么桂花、梨花、枣花、莲花等等一大堆。嘿，你的名字云英就很好听，紫云英的花蜜多香啊，你嫁给我和我一起养蜂最合适不过了。"关云英说她出生那年刚好田里紫云英开，父亲就给她取了这名。郑大为说："我们的孩子估计在明年春天三四月份出生，正是春暖花开百花齐放的时候，可选择的花名多了去啦，你觉得取啥名好呢？"关云英想了想后说："如果是女孩就叫芝兰吧，我们只知道芝麻，其实另一种芝和兰一样是两种会开花的香草，古书上常看到，这名字不错吧？"郑大为点点头说："是不错，如果是女儿就这么定了，可如果生下来是儿子，该取啥名呢？"关云英又使劲儿地想了想，说："男孩不能有花卉之类的字眼出现，干脆叫'郑日葵'吧，葵花从地里一钻出来就越长越高，越长越壮，它的秸秆粗壮挺直，像男子汉，盛开的葵花像张笑脸向着太阳，生机勃勃，而且葵花蜜是上等蜜。"郑大为起初觉得葵花虽说与别的花卉不一样，但男孩取有草字头的名字，总觉得有女孩气，可他一时也想不出更好的名字，只好如此了。

三十四、智退野狼

转眼到了第二年春天，郑大为又辗转到了青海放蜂。来青海放蜂主要因为这里是关云英的家乡，两年前她抗婚出走后，再也没回过家，但她常常想念家乡，她知道父母一定恨她的不告而别。现在她和郑大为偷偷领了证，结了婚，眼下他们爱情的种子也已生根开花结果，她肚子里的小家伙很不安分，生起气来会拳打脚踢，疼得她龇牙咧嘴，她知道自己快要做妈妈，郑大为快做爸爸了，她痛并快乐着。到了青海路过她的家乡时，她很想回家看看父母，但她挺着大皮球似的肚子怎么能见父母呢？父母肯定会气得不认她这个女儿，甚至将她扫地出门。她只好眼含热泪，在离家三百多里开满野花的山地里驻扎下来。

郑大为也和她一样想家。五年前他决定替父养蜂，曾在生产队队长面前拍过胸脯下了保证，五年后如数偿还父亲造成的损失。如今五年过去了，他的蜜蜂已发展到一百五十箱，远远超过父亲的养殖规模，不仅可以还清父亲欠下的债，而且给生产队立了大功。他该衣锦还乡去见生产队队长了。可想到妻子身怀六甲，临产在即，怎禁得住长途跋涉颠簸折腾？思来想去，觉得还是等妻子生下孩子，再抱着孩子去见爷爷奶奶，岂不喜上加喜？于是他给家里写了信，告诉父母他现在取得的辉煌成绩，还有他们即将诞生的孙子，叫他们放心，他现在一切安好，同时他还给父母寄去了一些钱。

可就在这时意外发生了。因过了常规花期，他们只好把蜂场移至一处遍地野花的山地上，这里荒凉偏僻，潜在的危险白天发觉不出来，可到了晚上便有一种阴森森的气氛袭来。他们住的帐篷像黑夜漂泊在大海里的一叶小舟，随时都有被风浪倾覆被鲨鱼吞噬的危险。关云英开始感到害怕了，她问郑大为会不会有大灰狼黑熊来吃他们？她听说这一带常有大灰狼和黑熊出没，真不该在这儿扎营，现在她后悔死了。郑大为安慰她说不会有大灰狼和黑熊的，但他心里也发虚，也后悔了。他发现一向雄赳赳气昂昂的黄狗到了晚上也夹起尾巴不敢吭声了，偶尔叫两声，声音里也透出畏惧的气息。郑大为跟关云英商量明天就搬走。可是他的决定还是迟了。

真是越怕啥就来啥。突然，一声“嗷呜”的叫声仿佛从遥远的地方传来。黄狗吓得直往帐篷里躲，连叫声也变成了低鸣。关云英吓得直哆嗦，抱住郑大为惊恐地问：“这是什么叫声？”

这时，“嗷呜”声又响起，而且越来越近，郑大为仔细一听，声音有点儿发颤地说：“不好，是狼！”

关云英更是惧怕得缩成一团：“我怕……”

此时郑大为突然想到自己是男子汉大丈夫不该如此惧怕，应有保护妻子的责任和担当，在她面前必须显出男人的大无畏气概给她壮胆，便安慰她说：“别怕！我有办法吓走它。”

郑大为抄起一根铁棍走出帐篷外，只见几十步远处有两双绿莹莹的眼睛在晃动，他挥舞着铁棍高喊着：“滚开、滚开！你上来就打死你！”

两只狼愣了一下，也许它们听懂了人话，觉得这种威胁毫无威慑力，便朝帐篷逼近。郑大为慌了，知道自己空口白牙地吓唬大灰狼，它并不买账，灵机一动，从帐篷里取出一只脸盆拼命地敲打起来。脸盆的敲打声洪亮且震耳欲聋。两只狼不知是何武器，便停下观察判断，它们很快识破了郑大为的伎俩，又肆无忌惮地向帐篷走来。

郑大为看见两双绿莹莹的眼睛渐渐逼近，正当他无计可施紧张得额头冒汗之际，突然想到箱子里还有一挂鞭炮，那是去年夏天在大别山买来吓唬野猪剩下的，放箱子里快一年了，不知是否受潮还会不会响，来不及多想便从箱子里取出那挂鞭炮，用打火机点燃。可不知是太紧张手发抖还是真的受了潮，点了几次引信都没点燃，拎着鞭炮的左手瑟瑟发抖，捏着打火机的右手也瑟瑟发抖。引信只冒着淡淡的青烟却烧不起来，那两只恶狼似乎看出了他的惧怕，不紧不慢地走来，在离帐篷二十米的地方站住，好像再看看他还有没有什么花招。郑大为感觉到它们准备发起进攻了，顿时他的心悬到了喉咙口。假如是一只狼他还有把握对付，但两只狼，尤其是两只饿狼，他就捉襟见肘难能顾及了，但他也已下了与狼血战的决心，为了保护妻子和她肚子里的孩子，他要向革命英雄们学习，要像炸碉堡的董存瑞和用胸膛堵枪眼的黄继光一样。正当他悲壮地胡思乱想准备豁出去的时候，引信突然“嗞”地点燃了，紧接着手上的鞭炮噼噼啪啪地炸响起来，火光四射，那情形像是郑大为在开枪射击。两只狼从没见过这种情形，以为那人真的向它们开枪射击了，害怕得直后退。见这招奏效，郑大为立马胆大气壮起来，拎着炸响的鞭炮吼叫着奋勇朝狼冲去。见主人击退了两只狼，黄狗也振作起来趁机跟着他往前冲，汪汪汪地叫着助威。一路上鞭炮的炸响声伴着火光四射，两只狼终于被唬住了，被他赶着逃走了。郑大为没有乘胜追击，他适可而止地撤回，撤回的时候鞭炮已一颗不剩了。

郑大为听说狼夜里怕火，撤回后便在帐篷旁点燃一堆火，那柴火本是捡来做饭的，并不多，最多只能维持一两个小时。郑大为一咬牙，取出两个空蜂箱用砍刀劈了，劈成了一片片柴火。果然这堆火使两只狼再也不敢近前，可郑大为却一直保持着高度警惕，身旁放着铁棍和砍刀，随时准备迎敌。

这种紧张的气氛一直持续到后半夜。可是一波未平一波又起。这时，因过度紧张和害怕，关云英出现了早产的征兆：她肚子剧痛，头上冒汗，呻吟声不断。安慰毫无用处，忙又帮不上，郑大为急得如热锅上的蚂蚁，在帐篷口走进走出。离最近的村子也有八里路，但他不敢撇下她去叫接生婆，也不可能抱着她去，因为有两只狼在前面挡道。他陷入了叫天天不应叫地地不灵的境地，眼眶里的泪水随时会掉下来。

在这万分危急之际，突然，前面有一束光照过来了。仿佛见到了救命稻草，郑大为朝有光的地方高声大喊："快来人啦！救命啊！"

他的呼救声使那束亮光迅速向帐篷靠近，当打着手电的人来到跟前时，郑大为才知是两个壮汉，像当初他在青海关云英家乡遇到的两个汉子，一高一矮，他们手里各握着一把长砍刀，焦急得开口就问："是不是被狼咬伤了？狼呢？"

高个子告诉郑大为："今晚这一带有狼出没，傍晚时有人见到两只狼在村外转悠，估计饿了想偷袭村里的禽畜，被我们驱逐了。我们担心夜里狼还会来，村里安排夜巡，想到你们在这里放蜂，担心你们的安全，所以过来看看，刚才听你在叫救命，果然被狼攻击了吧？"

郑大为点点头又摇摇头，他语无伦次地说："前半夜是有两只狼想攻击我们，被我吓跑了，可是现在，我老婆……"

矮个子忙问："你老婆被狼咬了？她人呢？"

郑大为不好意思地说："不是，我老婆要生了。她躺床上在叫疼呢。这可怎么办啊？"

矮个子又问："你老婆要生孩子了？"

这时关云英"哎哟哎哟"的疼痛叫声传了出来，郑大为焦急地点点头说："她疼得受不了了……你们村有接生婆吗？"

两人不约而同地回答"有"，他们让郑大为先烧热水等着，马上回去叫接生婆。

三十五、危难中遇“救星”

两个好心的男子走后，郑大为连烧了两个热水瓶的开水，之后紧握住关云英的手又安慰又鼓劲儿，让关云英一定要咬着牙坚持住，救星马上就到了。他还背诵毛主席语录给她听：下定决心，不怕牺牲，排除万难，争取胜利……

有了郑大为的精神支持，关云英的呻吟似乎轻了一些，她的额上都是豆大的汗珠，连手心也湿漉漉的。

等待让人觉得时间特别漫长，每分每秒都让郑大为觉得是煎熬。终于盼星星盼月亮地把救星盼来了，一束晃动着的手电的光从远处射来，黄狗首先看见了，立马兴奋地汪汪汪地向郑大为报喜。郑大为冲出帐篷，果然见一束手电的光晃来了，然后跑回帐篷欣喜万分地向关云英报喜：“云英，接生婆来了！”

郑大为再走出帐篷时，高个子已带着接生婆到眼前了。接生婆约四十岁光景，走路脚下生风，心急得好像是给自己的女儿接生，一听高个子说有临盆的产妇，便一骨碌下床穿衣，带上接生用具就跟着高个子匆匆赶来了。接生婆一进帐篷就叫郑大为用手电照着，二话不说便麻利地解开关云英衣裤检查，不禁大叫起来：“哎哟，羊水都破了！”

郑大为的心猛地一沉，紧张地问她咋办？

接生婆严肃地说，幸亏她及时赶到，不然就出大事了。她动作娴熟，一瞧便知是个接生的行家，她一边有条不紊地帮助关云英生产，一边安慰鼓励给关云英加油，一边指挥郑大为准备脸盆毛巾热水，可谓三管齐下。郑大为像个刚入师门的小徒弟站在她身边听候吩咐，当她的助手，毫不怠慢。

约半小时后，帐篷内传出婴儿“哇哇”的啼哭声，接生婆向郑大为报喜说：“小伙子，恭喜你啊，是个大胖小子，你的香火有人接啦！”未等他回话，接着又说道，“母子平安。好运好运！”

郑大为真的欣喜若狂了，嘴上一连喊了好几句“我有儿子了”。此时他真想去抱抱自己的儿子，去亲个够，可儿子光溜溜的还在接生婆手里，要等她把儿子弄干净裹进襁褓里才能交给他。他一边抚摸关云英的额头说着体贴宽慰的话，一边耐心地等着接生婆把儿子交给自己。当接生婆把洗干净的裹在襁褓里的儿子交给他时，他激动得双手颤抖起来，仿佛在梦里一样。梦里，爱人给他生下的也是儿子，在手电的余光中见到了他儿子的模样，每天一个的鸡蛋和免费钓来的石斑鱼补成了他的大胖小子，他只能模糊看到儿子圆脑袋的黑发，看到的儿子因不停地啼哭变了形的五官……郑大为情不自禁地把嘴凑近儿子的脸蛋想亲一亲，却被还在呻吟的爱人紧张喊停了。关云英责怪他只顾自己高兴不顾孩子粉嫩的肌肤，他意识到自己差点儿犯错误，只好轻轻摇晃怀里啼哭不止的儿子。他沉浸在儿子的诞生和初为人父的兴奋幸福快乐之中，连接生婆和高个子男人跟他打招呼与他告辞他都没听见，还是关云英的提醒让他回过神来，可这时两人已走出十米远了，郑大为赶紧把他们叫住，把襁褓里的儿子交给妻子，拿了备好的四瓶蜂蜜追了出去，每人两瓶送给了他们。

郑大为返回帐篷时发现一直啼哭的儿子已经安静下来了，

原来儿子像个小猪崽似的拱着母亲的乳房吃着奶。关云英怪他太粗心怠慢了恩人，还有刚出生的孩子肌肤嫩得像豆腐，亲啊抱的要格外小心，郑大为像个孩子“嗯嗯”地应着。郑大为大赞这里的人善良乐于助人，不由得想起四年前他和师父柴槐根初次来青海在关云英村的遭遇。他说当时也是在晚上，来的也是一高一矮两个男人，可他们不是来帮忙的……说着说着觉得自己说漏了嘴赶紧打住，然后看着黑暗中关云英的反应，没等她说话，他便跟关云英道歉。关云英沉默了片刻后却说：“你说的都是事实，我父亲就是那种独断专行唯我独尊自私蛮横的人，我也恨他，可是恨归恨，想起我和你结婚已快两年，现在又生下了儿子，却从没回过一次家，也没给家里写封信，觉得很对不住他，他一定恨死我了。但不管他怎样对待我，我都很想回家看看他，还有我妈。”说着说着便哽咽起来。郑大为说他也觉得对不住她的父母，感觉像拐骗了他们的女儿，然后安慰她说等找个合适的机会一定会带她和儿子一起回她娘家，不管她父母认不认他这个女婿，认不认这个外孙都要去。关云英同意他的想法，说最好等儿子会走路会叫外公外婆的时候再回娘家，那时他们看着外孙蹒跚着脚步奶声奶气地叫着外公外婆，一定会很开心的，自然会冲淡他们的怨恨。郑大为也赞同她的想法。这时他突然想到了关云英刚怀孕时给孩子取名的事来，他们约定若是男孩取名“日葵”，若是女孩叫“芝兰”。如今老天把最好的礼物恩赐给他们，头胎的男孩就叫郑日葵。

三十六、巧卖蜂产品

添了宝贝儿子以后，郑大为每天都像捡着大元宝一样开心，忙时嘴里哼着曲子，空闲时就抱着粉嫩的儿子又逗又亲。

晚饭后，常有一幅让人羡慕的幸福画面：忙完了事情的郑大为吹着笛子，关云英坐在他身旁给怀里的儿子喂奶，忠诚的黄狗摇动着尾巴坐在他们身边……

郑大为和妻子都有个共同的心愿：希望儿子郑日葵长大后接他们的班。所以他们让儿子从婴儿时期就耳濡目染养蜂的工作，关云英时常抱着儿子去看蜜蜂如何采蜜，看郑大为如何开蜂箱割蜜，看蜂箱里的蜜蜂如何扇动翅膀酿蜜……她常常触景生情地对儿子说："日葵，快快长大吧，好给爸爸当助手。"儿子郑日葵的一双晶亮的小眼睛也总是好奇地盯着看，有时看着看着便笑起来，好像真的有了兴趣。而当儿子哭闹的时候，关云英会用手指蘸一点儿蜂蜜放到他嘴里，他就不哭不闹了。关云英说让他从小就知道父母做的是甜蜜的事业，他小时候尝到了甜头，长大后就一定会喜欢上养蜂。可郑大为想到了自己，想到了自己的父亲，知道养蜂的辛酸和艰难，心里不免为儿子能不能接他的班担忧起来，不知道日葵长大后能否吃得了这份苦。

他们不仅让儿子从小就开始接触养蜂人艰苦的工作和生活，还让儿子看他们如何做生意搞经营。市场放开之前，他们的蜂产品基本上都卖给了供销社，但供销社的收购价不高，市场放开后，他们就把蜂蜜、蜂王浆、花粉拿到当地集市上出售，价高货俏且供不应求。而卖货的工作全由关云英包揽了。每天早晨，在去集市的公路上，郑大为骑着永久牌自行车成了最注目的一道风景：车把和车大梁上挂着鼓囊囊的袋子，里面装的都是一瓶瓶蜂蜜和蜂王浆，后座上的关云英背着婴儿，怀里还抱着一袋子蜂蜜和蜂王浆，小夫妻俩的脸上总是洋溢着幸福的笑容，那情形就像在外漂泊多年满载而归的游子。郑大为把关云英母子送到集市后返回，下午再来接母子俩回去，买卖的事全交给了关云英。摆摊的第一天关云英觉得有点儿难为情不敢开口叫卖，她抱着孩子坐在街边的地摊上，面前摆着几十瓶像菜油似的蜂蜜和浆糊似的蜂王浆，看着熙熙攘攘的人们从她面前走过，对她面前的好东西视而不见，半天也没卖出一瓶，难道还要把它们带回去？那样不是给郑大为添堵吗？她被逼急了，心想这里的人没一个识货，我不偷不抢的有啥难为情的呢？集市上的吆喝声此起彼伏，不少人还在与卖家讨价还价呢，我不敢喊不会吆喝，就向他们学习吧，于是她不管三七二十一地喊起来："卖蜂蜜，卖蜂王浆喽！"

她这一喊立竿见影，马上有个中年妇女在她的摊位上站住，边问边蹲下来瞧着那些瓶子，然后随手拿起一个瓶子问是不是蜂蜜，关云英指着瓶子告诉她哪瓶是蜂蜜哪瓶是蜂王浆，中年妇女瞪着眼睛好奇地盯着看，还摇动手里的瓶子，好像检查瓶里的液体会不会跑出来。她边看边摇边说："我长这么大还没见过蜂蜜，更不用说尝过，听说蜂蜜很甜是吧？"关云英大方地说："你尝尝就知道了。"于是关云英打开瓶盖，把沾着一层蜂蜜的瓶盖送到她鼻子底下，中年妇女先闻了一下，然后又用手指蘸了点儿瓶盖上像菜油一样的黄色液体放进嘴里吮了一下，便喜笑颜开直呼又鲜又甜，然后又用食指蘸着蜂王浆的瓶盖子尝了下，仿佛吃到了鼠屎“呸呸呸”地往外吐，说又酸又涩太难吃了，还是蜂蜜好吃，她当即决定买一瓶又鲜又甜的蜂蜜。她的叫好声立马引来赶集的人，人越聚越多，很快便把关云英的摊子围得水泄不通了。他们都和那个中年妇女一样嚷着没吃过想尝尝，关云英见人多干脆打开一瓶蜂蜜让他们用手指蘸着吮，他们尝过后都称鲜甜可口，于是买蜂蜜的人越聚越多，不到一个小时带来的三十瓶蜂蜜就卖个精光。关云英数着卖蜂蜜得来的钱心里别提有多高兴了，可是数完钱藏进内衣口袋后，见到摆在地上的一瓶瓶蜂王浆却发起愁来，她不禁一声叹息，笑这里的人不识货，不好吃就不敢买了。

关云英正琢磨着如何把眼前的这些蜂王浆推销出去，这时有个戴眼镜像老师的人过来在她面前站住，似乎有点儿识货，蹲下来拿起一瓶边瞧着边问她，卖的是不是蜂王浆？关云英不知他是啥意思，以为他只是随口问问的过路客，便礼貌地点了点头。他打开瓶盖闻了闻，再用食指蘸了蘸瓶盖上的蜂王浆放嘴里尝了尝，立马兴奋起来，说确实是蜂王浆，质量不错，问她多少钱一瓶。关云英说是一斤装的每瓶四元，他说买两瓶能便宜吗？关云英给了他两瓶七块五的价，他欣然买下了。他告诉关云英，蜂王浆是送给病人最好的礼物，他买的这两瓶是送给生病住院的校长的。关云英马上受到他的启发，蜂王浆是送病人最好的礼物，于是她把单纯的叫卖改为另一种口号式的吆喝了：“看病人送礼，最好送蜂王浆！”她还想当然地编出像卖特效药似的广告：“吃了蜂王浆不会得感冒！”果然很快见效，不到五分钟便有两个人买了她的蜂王浆。后来还真有个老感冒的人也来买她的蜂王浆了。卖蜂蜜和蜂王浆的第一天，不会吆喝做生意的关云英用了不到半天就把带来的货全卖掉了，收到的钱有一百三十多元，对她来说，简直就是一笔巨款，乐得她把儿子的脸蛋亲了又亲，直到儿子受不了哭了才打住。她买了一碗三鲜面犒劳了自己，吃完面给儿子喂了奶，看看天还不到下午，没等郑大为骑车来接，她就背着儿子往回走，结果一家三口在半路上相遇了。

听完关云英传奇般的叙述，郑大为说："没想到你原来是个做生意的能人啊！"他高兴得用电影上的一句台词来赞扬她，"关键时刻你突出重围了！"

三十七、忐忑回家

郑大为说过等儿子郑日葵会走路会叫外公外婆时，再去看关云英的父母。转眼郑日葵便开始牙牙学语蹒跚学步了，小两口儿在教儿子叫爸爸妈妈的同时，也在教他叫外公外婆，从没见过外公外婆的郑日葵也争气，学了几天就会叫了，像喝了蜜似的叫得很甜，乐得郑大为奖励了他一调羹蜂蜜。郑大为觉得该带日葵去见外公外婆了，这时他们的蜂场也特意辗转到离关云英家乡仅五十里的地方了。

马上要见到整整三年没见过面的父母了，关云英激动得哭了，乖巧的儿子用小手擦去她眼里的泪水。小小的儿子哪知道妈妈心里的五味杂陈啊，她觉得即使父母千错万错，她三年没回过一次家，便是她的错，她是不孝之女。现在她恨不得马上就回娘家。郑大为把这次回娘家看成是负荆请罪，准备了份大礼和红包。两人商量后定下的大礼是两瓶茅台两条中华烟，另加两瓶自产的蜂王浆和两瓶最好的槐花蜜，一个一千元的大红包；另外还准备了一些糖果、花生、香烟等分给邻居和亲友。大礼和大红包备好后，这对私自结婚带着他们的爱情结晶的青年男女便“负荆请罪”来了。

这天，郑大为用永久牌自行车载着老婆、儿子和大礼回关云英的娘家了。路上，他们不知预想了多少次的担心和各种假设。假设主要有四种：一种是关云英的父母对他们仍耿耿于怀不肯原谅，一见他们就把他们往外赶，把他们的大礼往外扔，然后关上大门；第二种假设是她父母收下他们的大礼和大红包，对他们不冷不热像与陌生人相见；第三种是关云英的父母态度不同，父亲不认郑大为这个女婿，而母亲却认了郑大为这个女婿，还有郑日葵这个小外孙；第四种假设是最理想不过了，她的父母皆大欢喜，对郑大为和关云英犯下的过错既往不咎，高高兴兴地接纳女婿和外孙，抱着外孙又亲又哄又叫的好不开心。可究竟会发生哪种情形，郑大为和关云英都拿不准，两人都把希望寄托在儿子身上。儿子郑日葵虽口头上会叫外公外婆，但那纯属纸上谈兵，儿子连外公外婆长啥模样都不知道，不知真的见了外公外婆能叫得出口吗？关云英还是有点儿担心，她怕儿子胆小不敢叫陌生的外公外婆，便对儿子反复叮嘱，儿子懵懵懂懂地“嗯”“啊”地应答。这让关云英喜忧参半，心想此次回娘家儿子第一次见了外公外婆若能主动甜甜地叫声“外公”“外婆”，那作用和效果是她和郑大为都无法做到的，所以她非常希望儿子能有个出色表现。

当郑大为骑着自行车进了村庄，居然没人认出他们，虽然关云英见到邻居和乡亲亲切地和他们打招呼，但没一人回应，他们好奇地站在路边上看着这辆超载的自行车从面前经过。村子还是原来的样子，邻居和乡亲也还是原来的样子，可被他们没收过蜂箱被他们驱逐过的郑大为已不是当年那个毛头小伙了，如今他西装革履地带着大礼包和儿子来见岳父岳母了。而关云英也今非昔比了，她怀上孩子后，为减少麻烦和营养流失，忍痛割爱地剪掉了曾让她引以为豪的长辫子，只留下齐耳短发。逃出去时是姑娘一个，现在是儿子郑日葵的妈妈，也难怪没人认出她。

当郑大为和关云英母子走到关秋山家门口时，关云英亲热地冲着关秋山夫妇叫：“阿爸阿妈。”她还催促儿子郑日葵快叫外公外婆，郑日葵没让她失望，小嘴甜甜地冲着关云英的父亲叫“外公”，冲着关云英的母亲叫“外婆”。

关秋山夫妇终于恍然大悟，原来是他们的女儿关云英回来了。他们曾气愤地发誓不认这个女儿了，时至今日他们的气仍未消散，尤其是关秋山觉得女儿把他的脸面丢尽了。现在女儿居然和郑大为抱着孩子回来了，本想大发雷霆把他们一家三口扫地出门，可刚回过神，气还没发，一大堆礼物像一阵风似的扑面而来，让他措手不及。先是关云英蹒跚学步牙牙学语的儿子怯生生地盯着他叫“外公”，对他老婆叫“外婆”，奶声奶气的样子好可爱，他的气立马消了一大半。而郑大为也怯生生地主动向他赔礼道歉，还送上大红包，他剩下的小半部分的气立马烟消云散了。而关云英母亲的心早被这个小外孙“买”走了，她兴高采烈地收下大红包，喜不自禁地抱起小外孙亲了又亲，欢天喜地把糖果花生香烟等分给邻居和亲友们吃。知道父母已原谅自己并接纳了郑大为还有他们的儿子，关云英终于把心放回了肚里，如释重负地露出欣慰的笑容。郑大为觉得像在梦中，乐得合不拢嘴，心里直说幸运啊，他们最理想的第四种假设终于梦想成真了。他对过去岳父曾如此百般刁难害自己的怨恨也顷刻化为一缕青烟。郑大为很快便融入了关云英的娘家。关云英有很多的话要对父母说，而父母也有很多的问题要她解答。关云英和母亲开心地聊着天，而郑大为则与岳父交谈，话题是欢快的有趣的。郑大为告诉关秋山再过几天等这茬花期结束，就一起把蜂箱运回老家去。听说现在集体的财产可以卖给个人了，所以他打算把生产队的蜜蜂盘下来。他的想法不错，岳父母都说好，机不可失，钱不够他们愿意借，一定要想办法把它拿下。他们的鼓舞让郑大为信心百倍。

岳父母留郑大为一家三口住了几天，可蜂场得有人看守，郑大为只好让妻儿留下暂住几天，他一人回了蜂场。关云英觉得这样也好，可以照顾到两头，她觉得有愧于父母，趁待在娘家的这几天好好表现一下，弥补弥补这几年对父母的亏欠。

三十八、回家干了几件大事

郑大为要带妻儿和蜜蜂回浙西三山县老家了。启程的前一天，他们把这几年积攒下来的钱全拿出来放在床上，一扎扎一捆捆堆成一座小山，像一家国营企业年底盘点，夫妻俩一左一右坐床沿数钱，郑日葵坐床上也要数，却把父母清点好的钱与没数的钱混在一起，关云英又骂又打地命令他不许捣乱，郑日葵一生气便哭了，关云英也生气地把他抱下床让他和黄狗玩儿，郑日葵用手背抹着眼睛哭着走了出去。

这是一项巨大的工程，夫妻俩从早上八点开数，数了一遍又一遍，一直数到下午两点儿子郑日葵哭闹着要吃饭才宣告结束。总共清点了八次，其中五次清点结果完全相符，都是一万八千四百八十三元五角，其他三次清点出来的数目各不相同，或多于这个数或少于这个数，郑大为和关云英最终确定一万八千四百八十三元五角是正确的。他们把清点好的每一扎每一捆钱都在扎条上写明数额，然后装进一个麻袋。他们要用这些钱去盘下生产队的蜜蜂。关云英心里没底，不知这些钱够不够，郑大为胸有成竹地说：“当年生产队给我父亲的蜜蜂是一百箱，因洪灾山体滑坡冲走九十箱，只剩下十箱，父亲欠生产队的债是九十箱蜜蜂，现在已过了六年，我们把生产队的蜜蜂繁殖到一百八十箱，按照合约一百箱归生产队，八十箱归我们个人，所以只要准备一百箱蜜蜂的拍卖钱就行了，怎么说也够了。”他这么一说关云英立马就放心了，她兴奋地一锤定音：“明天出发！”

可这不是一句轻巧的“回家”，而是一次艰难的大搬迁，两人准备了一天，雇车又雇人地装运，用汽车把一百八十箱蜜蜂运到火车站，然后再去批货运计划，在出运之前还得在火车站货场上等待，等一百八十箱蜜蜂运至三江县龙台镇郑大为的家乡时，已是十天之后了。

六年前郑大为替父出去养蜂时，没一人看好，都说他是为了逃避读书想出去游玩才借养蜂之名出去的。他一走就是六年，六年中他只在四年前回过一趟家，是匆匆地带着关云英回家结婚，只摆了两桌喜酒，第二天就返回了。按当地风俗摆过酒就算结婚成家了，之后再也没回过家。他刚出去养蜂时村里的人本来就不看好，出去后匆匆回来结了婚，然后又一直杳无音讯，村里人对他的猜测五花八门说啥的都有，有的说他连父亲留给他的十箱蜜蜂都养死了，没脸见人，不好意思回来了；更恶毒的是竟有人说郑大为在走歪门邪道，连他的老婆也是拐骗来的，后来犯罪坐牢了，等等。郑乾队长也不得不相信了大家的猜测，于是对郑松柏的经济制裁终于提到了议事日程上来。就在这时，人没回来的郑大为突然写信回来，信是写给他父亲郑松柏的，他在信中告诉父亲生产队蜜蜂的损失很快要补回来了，再过一年半载肯定会超过一百箱……郑松柏立马把好消息告诉了郑乾队长，郑乾队长半信半疑，以为这是郑大为的缓兵之计，不予理睬，仍召开生产队小组长会议讨论对他的处罚问题。两天后郑松柏收到了郑大为的五百元汇款，立马把五百元钱交到了郑乾队长的手里，郑乾队长这才相信他，决定暂不处理，等损失全部补回再说。

到了第五年，这是郑大为向郑乾队长拍胸脯保证过夺回父亲给生产队损失的期限，郑大为直接写信给郑乾队长，告诉他蜜蜂已超过了一百箱，完全弥补了父亲的过失。那时政策允许个人收购集体财产，野心勃勃的郑大为在信中提出收购生产队蜜蜂的想法，问郑乾同不同意。一直以来郑松柏给生产队养蜂，生产队只能得到他买工分分口粮的钱，每年仅两三百块，若把生产队的一百箱蜜蜂全卖给郑大为，少说也有万把块钱，生产队一下子有了这么多钱，他这个“当家人”的日子就好过了，哪有不同意之理？可是郑乾个人同意不算数，还需征求各小组长的意见。当小组长们得知郑大为想收购生产队蜜蜂的想法后，立马有两种截然相反的意见，一种是支持郑乾的意见同意卖，另一种意见是不同意卖，理由是集体就这么点财产，卖掉了以后就没了。两种意见不统一，郑乾觉得郑大为只是来信问问，是纸上谈兵，便把此事搁置一旁。所以郑大为没收到郑乾队长的回信，认为是郑乾队长还不太相信自己，等自己回家去拜访他，一定会有办法让他同意把生产队的蜜蜂卖给自己。

六年后郑大为携妻带子地将庞大的蜂群运回来了，倘若没有他赔偿生产队蜜蜂损失这档事，郑大为可算是衣锦还乡荣归故里了。可就因为这档事郑大为成了一个有争议的人物，夸他褒他的人说这小子看不出还真有两下子，能把父亲留给他的十箱蜜蜂变成一百八十箱，不知翻几番了，还说他能娶到这么俊的媳妇，一定赚了不少钱。可更多的人是损他贬他，说郑大为是个大骗子，他在外面混了五六年，谁知道他都干了些啥，少不了坑蒙拐骗，他漂亮的老婆是他拐骗来的，能养那么多蜂箱的蜂，也是用骗来的钱买的。流言蜚语像苍蝇似的满天飞。这让郑大为的父母心里也不踏实，郑大为回来时他们不止一次地询问他在外面有没有干过伤天害理的事，还到关云英那里套话核实。郑大为拍着胸脯保证没干过坑蒙拐骗昧良心的事儿，他们在关云英处也得到了证实，郑大为并没有说谎，郑大为的父母这才放了心，对那些乱嚼舌头的人坚决予以回击，认为是儿子郑大为“露”了财，许多人的眼睛红了心里不舒服了，才如此恶意中伤的。

郑大为的“露财”主要是他痛痛快快地干了两件大事，一件是郑大为和关云英重新又办了一次结婚喜宴，整整办了五十桌，半村的人都喝到了他们的喜酒，全村的人都见证了他带着儿子结婚的奇特场面。

另一桩事是成为生产队蜜蜂拍卖的唯一赢家。其实也算不上拍卖。生产队的小组开会研究讨论的结果是同意拍卖生产队的一百箱蜜蜂，但有些人心里对郑大为不服气，认为不能便宜这小子，非把拍卖价格抬上去不可。可真的到拍卖的时候，都怂了。一是他们没养过蜂不敢竞争，二是也拿不出这么多钱来，所以在拍卖现场没一个人敢与郑大为比拼。最后参与拍卖的只有郑大为一人，底价一万元。本来郑大为只需底价便可拿下，但郑大为不想让人觉得自己占了便宜、生产队吃了亏，因此在妻子及父母的反对声中，在众人惊愕的目光下和惊呼声中，他又自我加价，大手一挥加了两千元。队长郑乾和小组长及队员们一片欢呼叫好，他们说郑大为讲诚信重乡情，“大为大为，大有可为，前途无量”。

三十九、又一个养蜂接班人

郑大为收购生产队的一百箱蜜蜂后又出征养蜂了，这时他的父母已喜欢上聪明伶俐的孙子郑日葵，舍不得他走，想让孙子留下来。郑大为征得妻子关云英的同意，可郑日葵死活不愿意，郑大为只好采取瞒天过海之计，雇好货车后让父母骗他去供销社买好吃的，等儿子跟父母走后就赶紧行动，随车运走了蜜蜂，与儿子不辞而别。

一路上关云英眼泪汪汪，她说儿子回来见不到他们一定会找会哭闹，她担心儿子会很伤心，又怕以后儿子会想他们，会生病，会被别人欺负，牵肠挂肚的，开始后悔了。郑大为说她婆婆妈妈想得太多，又不是把他送人，给他爷爷奶奶带还有啥不放心的呢？再说带着他四处漂泊麻烦不说，会让儿子养成孤僻散漫的不良习惯，而且到了学龄还得回来上学，还是把他放家里心里比较踏实，相信日葵很快会有伙伴，有了伙伴他就乐不思蜀了。郑大为的一番劝慰让关云英的心渐渐平静下来，她觉得丈夫说得有道理。

转眼郑日葵到了上学的年龄，爷爷让他上了本村的小学。郑日葵调皮捣蛋喜欢玩儿，学习成绩又差，令老师头痛。爷爷奶奶都说日葵像他爸爸。郑大为在信中得知后，也觉得郑日葵像自己，仿佛就是他当年的影子，拿关云英的话说是郑大为的翻版。对郑大为来说儿子调皮捣蛋不要紧，学习成绩差也不要紧，只要他今后愿意养蜂当接班人就行。郑大为的话颇有哲理，假如他儿子非常优秀考上了名牌大学，毕业后远走高飞，他会看得上他父亲艰辛困苦的养蜂这一行吗？只有“飞”不出去的儿子才有可能接他的班。郑日葵的成绩确实不好，他果然听父亲的话选择了养蜂专业，毕业后离开家乡随父母出去养蜂了。

四十、误入歧途

有一天，郑大为出去办事了，蜂场上只有关云英和儿子郑日葵两人。他们一边干活儿一边聊着天，郑日葵摇蜜脱水，关云英把蜂蜜装进瓶子。关云英聊着聊着便感叹起来，她对儿子说："养蜂人苦啊，可日葵你又考不上大学，只能跟着父母吃苦了。这是你的命。"

郑日葵却不以为然地说："妈，苦我不怕，就嫌钱赚得少。假如能让钱来得快，那我们就能快速发财赚大钱。"

关云英感同身受地说："以前我们养蜂人虽苦，但和种田比起来算轻松的，可眼下大家各显神通，挣钱的门路五花八门。你看我们村里，原来做泥水匠的现在当了包工头，原来做木匠的现在开了装潢公司，有的搞贩运，把山东苹果、东北人参、新疆葡萄、云南田七、砀山雪梨都运过来卖，有的还买车跑运输。相比之下我们养蜂人不算啥，落伍了，连出去打工的人赚的钱也比我们挣的多，真让人羡慕啊。"

郑日葵心里早憋着一句话想说了，可碍于父亲他不敢说，此时父亲不在身边，何不趁母亲感慨之际说出来呢？于是他便把话头往那句话上引。他说父亲是死脑筋只知道循规蹈矩地养蜂，老老实实地做生意，这哪能富得快发大财呢？该多动动脑筋寻条快速致富的捷径才是。除了老老实实养蜂卖蜂产品，关云英不知道也从未想过有啥捷径，她好奇地问他有啥捷径？郑日葵神秘地说：“我有个办法能多赚些钱。”

关云英兴奋地说：“哦？说来听听。”

郑日葵悄悄地说：“蜂蜜产量低却价格高，可白糖就便宜了，一斤蜂蜜抵得上七八斤白糖哩。可以把白糖熬一下掺进蜂蜜，然后拿出去卖，保准赚大钱，还神不知鬼不觉。嘿嘿，没想到吧？”

关云英瞪眼张嘴，像被吓着了，她小声地说：“这……可是造假呀，不行不行，你爸肯定不让这么干。”

“哼，我爸那死脑筋，一辈子就是累死也挣不到大钱。”郑日葵用鄙夷的口气损父亲，然后振振有词地说，“有啥好担心的？又不是掺毒药，蜜蜂饿肚子时，还不是熬白糖喂它们？人家做皮鞋还用硬纸板呢。别管他，我们试试吧。”

关云英沉默了片刻，似乎觉得儿子的话也有道理，她有点儿心动了，说：“你说的也是，可就觉得心里总不太踏实，我担心让你爸知道。”

见母亲被自己说动了心，郑日葵便有了底气，说：“爸爸的老观念落伍了，想发家致富得赶快行动！”停顿了一会儿他又补充了一句：“现在就是看谁脑瓜活络胆子大。对不？”

关云英吃不准儿子提出的这个“抓老鼠”的法子对不对，所以她没有正面回答，心里有点儿忐忑，便抱着既不支持也不反对的态度。

父亲不在家，母亲又不反对，郑日葵放开手脚地干了起来。他一下子从集镇的商店里买回二十斤白糖，然后放锅里熬成液体，冷却后掺入蜂蜜里。起初关云英袖手旁观不参与，但见儿子一个人手忙脚乱的，加上儿子催促她帮忙，她只好违心地给儿子当了助手。她的心里有两股力量在较量，一股是反对造假，一股是造假不死人且能发大财，较量的结果还是后面的那股力量占了上风，于是她参与制假也就心安理得了。二十斤白糖充入蜂蜜，就等于一下子增加了二十斤蜂蜜，而成本却只有蜂蜜的七八分之一，利润相当可观。不过郑日葵想尽快脱手，给了非常特优价，拿到集市上出售，立马成了抢手货，有多少卖多少，供不应求，趁郑大为出差在外的这四天，母子俩加班加点连续干了四天卖掉用白糖充的蜜蜂五百瓶，大赚了一笔。那辆旧永久牌自行车被郑大为骑走了，郑日葵便用赚来的钱买了一辆载重自行车，这样跑业务既省力省时又省事，大大地提高了效率。虽然蜂蜜掺了白糖，但居然没人发现，想买的人越来越多，还争先恐后地挤着买，郑日葵庆幸无人知晓，胆子更大了，肆无忌惮地大干起来。

不料，妖怪再狡猾也会碰上火眼金睛的孙悟空，这个孙悟空还是一个姑娘。那天郑日葵骑着自行车满载掺了白糖的蜂蜜到了镇上，便摆摊开始吆喝："卖蜂蜜喽，向日葵的蜂蜜又香又甜，吃了身体好，清凉又解毒，便宜得很，快来买哟，迟了就买不到了。"话音未落，一群人便呼啦围过来嚷着买蜂蜜，郑日葵脸上喜气洋洋地叫着："别挤！"突然一个苹果脸的姑娘挤进人群，她挤到郑日葵面前，指着郑日葵大声地说："大家别买！这蜂蜜有问题！"

似一声惊雷，大家一下子蒙了，立马安静下来，都停止了购买，疑惑地去看这苹果脸姑娘，然后疑惑地盯着郑日葵看，好像郑日葵脸上有问题似的。

半路杀出个程咬金，郑日葵也一下子蒙了，但他很快便回过神来。他认识这个苹果脸姑娘，她是承包镇供销社经理的女儿，也是供销社的售货员。郑日葵认为她是嫉妒他的生意好，故意来捣乱的，便气愤地责问她："你凭啥说我的蜂蜜有问题？

有啥问题？你说！”

苹果脸姑娘不慌不忙地告诉大家：“这人我见过，我是供销社的售货员，他常到我店里来买白糖，每次都是几十斤地买。我每次都在嘀咕，白糖不能当饭吃吧，他买那么多去做啥？今天我才明白，原来他是用白糖冒充蜂蜜的！”

一个男顾客恍然大悟：“哦，难怪这蜂蜜这么便宜，原来有猫儿腻！不买了！”

一个女顾客像踩到了一条蛇一样尖叫起来：“我上当受骗了！昨天我买了他的两瓶蜂蜜送人，今天本想再买两瓶送人的，原来买的是假蜂蜜！这小子，把钱退还给我！”

一个老头儿瞪着眼吓唬道：“去工商所告他！”

郑日葵心里明白，自己的蜂蜜虽掺了白糖，但普通人看不出来，吃了和正宗的蜂蜜没明显的区别，而这个供销社售货员只是怀疑，并无真凭实据。想到这里郑日葵底气还是很足，他理直气壮地告诉大家，他的蜂蜜没有问题，不可能是白糖水冲兑的，大家可以尝尝是蜂蜜的味道，还是白糖的味道？有人真的打开瓶盖用手指蘸了瓶里的液体放嘴里品尝，然后点点头，说不是白糖水，确实是蜂蜜的味道。

可苹果脸姑娘不依不饶，她认定郑日葵就是用白糖去冒充蜂蜜的，但她一时也拿不出什么证据，她也不知道加了白糖的蜂蜜和没有加白糖的蜂蜜究竟差别在哪里？她只能笼统地用义正词严的口气教训郑日葵：“小伙子，做人要凭良心。我奉劝你一句，以后别干骗人的勾当了。”说完她瞪了他一眼，扬长而去。

郑日葵生气地盯着她的背影“呸”地吐了一口，在心里说：“哼！老子轮不到你教训！我不偷不抢，也算不上骗人，白糖和蜂蜜混一起不是照样吃吗？只要人家愿意买，你管得着吗？”

因为苹果脸的姑娘只是怀疑郑日葵将蜂蜜加了白糖，但无人能分辨出他的蜂蜜正不正宗，而他的蜂蜜又便宜又美味，安全也没问题，所以不少人还是愿意买，存货很快卖没了。他回家经过供销社门口时，故意把自行车的铃声按得丁铃铃的响，招摇过市显得很得意，那意思明摆着是要气一气“苹果脸”：你想搞掉老子的生意？没用！老子照样卖光赚了钱，回家喽！站在供销社柜台内的“苹果脸”瞧见郑日葵骑着空车路过时对她耀武扬威的样子，气得脸色发青，她不服气地说：“走着瞧，你早迟会倒霉的！”

还真被“苹果脸”说中了，郑日葵很快就倒霉了。收拾他的不是别人，正是他的父亲郑大为。

第二天，郑日葵和母亲正在用白糖加工和罐装劣质蜂蜜时，郑大为突然骑着自行车回来了。他见母子俩正在热火朝天地干着什么，以为他走了几天就割了这么多蜜，停好车乐呵呵地走过来瞧瞧，却发现母子俩慌慌张张地在掩盖着啥，他一下子便明白了什么，上前掀掉盖在脸盆上的盖子。看着脸盆里尚有未被熬化的白糖，郑大为气得脸色发青，指着脸盆厉声责问道：“这是啥？好啊，你们趁我不在家，竟然干出这种见不得人的事，真丢人哪！这是谁的馊主意？说！”郑大为瞪着关云英和郑日葵，眼里仿佛要喷出火来，脖子上的青筋也像蚯蚓似的蠕动。母子俩从没见他发这么大火，关云英吓得都不敢去看他，嗫嚅着说：“本来我也不想这么做，可是……”

郑大为一下子便明白了，把目光移向儿子，凶巴巴地问道：“日葵，是你出的主意吧？”

郑日葵却满不在乎地说：“是我的主意，加点儿白糖也没啥，能多赚不少钱呢。”

对儿子这种犯错还满不在乎的态度，郑大为忍无可忍，“啪”地打了郑日葵一个耳光。郑日葵一个趔趄，用手捂住脸愤怒地盯着父亲，非常委屈且很不服气地辩驳道：“我这么做还不是为多赚点儿钱嘛，这有什么错？你凭啥打我？”

关云英也小心地替儿子说好话：“日葵也是为了这个家呀，有话好好说嘛，干吗这么凶？”

郑大为发疯似的一脚踢翻塑料桶，捡了块石头朝摆在地上装好的蜂蜜和待装的塑料瓶、玻璃瓶一古脑儿地猛砸。关云英想去阻止，却害怕不敢近前。黄狗吓得叫着避开了。塑料桶里的糖蜜混合液流了一地，渗入进泥土；那些塑料瓶和玻璃瓶被砸了个稀巴烂，地上一片狼藉，很快被蜜蜂发现了，它们成群地飞落到地上汲蜜，好像它们很心疼自己的劳动成果被这么白白浪费，但它们永远也不会明白，它们的主人为什么要如此糟蹋自己的劳动成果。

郑大为气愤地指着郑日葵的鼻子骂道：“你这个没良心的东西，竟会干出这等事来，算我白养了你！你给我滚！”

郑日葵毫不示弱，觉得父亲是榆木脑瓜老封建，没出息不算，还动手打人，粗暴蛮横，便赌气地说：“滚就滚！死脑筋，跟着你永远发不了财！”

郑日葵立即去收拾自己的东西，关云英慌忙去阻拦，但郑日葵推开母亲固执地继续收拾。

郑大为愤然地喝住妻子：“别拦他，让他滚！”

关云英急得哽咽起来，央求丈夫：“大为，当初我是怎么生下日葵的，你是清楚的，他是我差不多用命换来的呀，你怎么这么狠心要赶他走？难道他不是你的亲儿子？”

不想关云英的话对郑大为是火上浇油，郑大为大发雷霆地吼道：“都是你惯坏的！年纪轻轻就搞歪门邪道，以后不坐牢才怪呢！”

郑日葵收拾完东西，不理睬母亲，拎起旅行袋，头也不回地走了。

关云英哭着欲追上去，却又被郑大为喝住了。她的眼泪一下子涌出来，用手帕擦着，边擦边哭道：“你骂也骂了打也打了，现在你还要赶走孩子，你这么对孩子，今后他会一辈子恨你。你能不能冷静点儿？”

“我很冷静！”郑大为用鄙视的眼光看着妻子，非常认真地说，“做人要有良心。我打他赶他走，是为他好，让他记住今天的事。如果他会恨我，我也不后悔！”

“他连路费都没有，咋回去？”关云英还是追上去给了他五百元的路费。她知道丈夫已铁了心，无论如何也说服不了他，她站在那里万般无奈地叹着气，眼泪汪汪地望着渐渐远去的儿子，心里开始失落起来。

四十一、贷款自立门户

郑日葵与父亲斗气后回到了老家，爷爷奶奶见他脸色难看，嘴唇噘得能挂油瓶，问他又不搭理，像在和谁斗气，以为被谁欺负了。问急了，他没好气地说是被他们的儿子欺负了。爷爷奶奶终于明白了一半，先把自己的儿子郑大为数落了一顿，然后刨根问底地问他父亲为何要欺负他。郑日葵知道爷爷奶奶也和父亲一样忠厚善良，对坑蒙拐骗恨之入骨，不敢实话实说，只好编了个谎话说他在卖蜂蜜时不小心打破了两瓶蜂蜜，父亲非常气愤，打了他一巴掌，还叫他滚，他一气之下就回来了。爷爷一听，觉得大为不太可能会如此小题大做，问他是不是真的，并怀疑地瞧着他。郑日葵感到爷爷的目光如芒在背，不敢与爷爷的目光对视，不好意思地把目光移开了。可奶奶听了，又心疼又埋怨，她还以为孙子偷了儿子的钱才惹怒儿子的，觉得孙子打破两瓶蜂蜜没啥大不了的儿子却如此对待他，太过分了，她要为孙子做主，等儿子回来她会好好教训他。奶奶的劝导郑日葵也没往心里去，其实他现在仍和父亲斗气，但他现在斗的气与那时和父亲斗的气完全不一样。那时斗气是因为他找到了快速发家致富的好门路，父亲不仅不理解不支持他，反而骂他打他赶他走。现在斗气是他想和父亲比一比，看看谁更有本事，谁富得更快。他在回来的火车上就想好了，他要另起炉灶自己养蜂。郑日葵胸有成竹地认为凭自己的聪明才智和胆识，一定会超过观念落后思想守旧的父亲。

可事情不是心想便能成的，另起炉灶需要本钱，郑日葵估算了一下，启动资金起码要十万元。可他穷得叮当响，他身上只有母亲给他的路费两百元，钱从哪儿来？他知道爷爷奶奶有一两万积蓄，如果向他们借钱告诉他们自己也想养蜂，他们一定会认为多此一举，绝不会出手，分文不借。那时他看见身边有几个没钱办公司做生意的人，靠信用社贷款办起了公司，便知道信用社能解决本钱问题。于是他找到一个与信用社王主任关系很铁的朋友，让朋友帮他贷款。

就这样，郑日葵瞒天过海，把自家的房产证拿出来做了抵押，拿到了十五万元的贷款。

郑日葵又通过朋友介绍认识了要出售蜜蜂的养蜂人老姜。他骑着朋友的摩托车在一个橘子园找到了养蜂的老姜，老姜闲得无聊正与一个朋友下象棋。见郑日葵拎着一只鼓囊囊的黑皮包，知道他已拿到贷款，便拉了一个空蜂箱让他先坐会儿。想等这局下完再谈，郑日葵也不着急，拎着黑皮包站着看他们下棋。等这局下完，老姜赢了，他的脸上出现了阳光般灿烂的笑容，今天他真是好运连连啊。等棋友走后，老姜像有先见之明似的说，我知道今天你会来的，贷款办好了？郑日葵点点头，拍拍黑皮包自豪地说："全额付款，不欠一分钱。"他们谈妥老姜的两百箱蜜蜂的出让价十万元，郑日葵拉开黑皮包的拉链让老姜过目，老姜点了下是十捆，便找了个尿素袋，把十万元现金装进了尿素袋里，郑日葵提醒他要不要清点一下，老姜毫不介意地说："不用点，我还不信你吗？要错也是银行的错。"老姜扎好尿素袋放到床底下，然后拿出纸和笔，给郑日葵写了个收条。老姜认真地说："日葵，现在你我钱货两清了。帐篷和全套养蜂用具设备我留着没用，你呢也不需要花钱置办，如果你不嫌弃，我全部拱手相送不收一分。”郑日葵觉得老姜够意思，连声道谢，还说一定不会忘记他的大恩大德，以后一定会好好感谢他。老姜望着橘园里排列成长城似的蜂箱，对郑日葵说：“我养的品种可是意大利蜂哦，不是普通的蜜蜂，优点可多呢。它们性情比较温顺，不会乱跑乱蜇人，而且产卵多、采集力强、分泌蜂王浆能力强。若不是为了给我弟弟治病，我哪舍得卖啊。”

郑日葵一惊，立马竖起了大拇指：“哦，原来你卖蜂是为给弟弟治病呀。你这个当哥哥的真伟大！”

老姜苦笑地摇摇头，无奈地说：“算啥伟大，只为兄弟情呗，谁让我做他哥哥的？没办法啊。”

郑日葵觉得奇怪，他弟弟究竟得了啥病非得要卖掉蜜蜂才够治病的钱？老姜幽幽地相告，他弟弟得尿毒症，现在唯一能救他的是换肾脏，否则就没救了。但手术费不够，他家为给他治病花光了所有积蓄。没办法，老姜一狠心卖掉蜜蜂给弟弟治病。兴许戳到了痛处，老姜说着说着便哽咽起来，眼里溢出了泪水，又深深地叹了口气，接着他说为这事他妻子和他闹翻了天，但他还是坚持卖蜂救弟弟，不过他妻子最终还是理解了……老姜觉得说多了，停顿了会儿，便把话题转到蜜蜂上。他认真诚恳地对郑日葵说，这些蜂是他的至爱，要不是为救弟弟，打死他也不卖。他要郑日葵善待蜜蜂，好好养。

听了老姜掏心窝的话，郑日葵也唏嘘不已，他向老姜保证说：“老姜，不好意思，让你忍痛割爱把蜂让给了我……放心吧，我会把它们当作自己的孩子来养。”

四十二、惨遭厄运

郑日葵先斩后奏，买了老姜的意大利蜜蜂准备出门养蜂时，才告诉爷爷奶奶自己养蜂的事，令爷爷奶奶大吃一惊。爷爷喜笑颜开，认为孙子继承了祖辈事业，有出息，在赞扬和鼓励他的同时，给他上了一堂养蜂课，把自己大半生宝贵的养蜂经验毫无保留地传给他，还叮嘱他以后遇到养蜂方面的事可以随时请教。郑日葵听着爷爷的教导点着头，雄心勃勃地告诉爷爷他的雄伟蓝图，养蜂只是他的雄伟蓝图中的第一阶段，等时机成熟便到了创业的第二阶段，他将成立一家蜂产品加工企业，从蜂农的手里收购蜂产品，再加工出售……他的目标是资产上亿的三山市蜂业的老大。爷爷似乎觉得他在吹牛，笑着说："还没等你做成三江市蜂业的老大，我已化成灰埋地底下了。"

郑日葵又从贷来的十五万元里拿出一部分钱买了一辆摩托车和一部手机，最后剩下一万多元做运费等开支。

可正当郑日葵雄心勃勃意气风发地开始创业的时候，老天却让他的美梦破碎了。

那天早晨郑日葵刚起床走出帐篷，便发现满地都是黑乎乎的蜜蜂，有的趴地上一动不动，有的还在挣扎地爬着。他的脑袋"嗡"的一声，赶紧蹲下查看，那些一动不动的蜜蜂都已经死了！他的眼泪一下子涌出眼眶，立即去检查蜂箱。岂料，一打开蜂箱，蜂箱里的蜜蜂像与他有仇似的，疯狂地扑向他又叮又蜇，他的脸上、手上甚至脖子上都迅速红肿起来，从天而降的灾难让他忘记自己身上的肿痛，仍细心地打开一个个蜂箱检查，竟发现蜂箱里的蜜蜂有一半死了或半死不活，他不知道这究竟是怎么了，几乎要崩溃了。他想起了爷爷，便心急火燎地骑着摩托车回家把爷爷请来。爷爷见到遍地躺着蜜蜂的尸体大吃一惊，蹲下去仔细地观察了蜜蜂尸体，又观察了半死不活的蜜蜂后，他断定是蜜蜂中毒。于是赶紧叫郑日葵去买白糖，郑日葵飞快地买回白糖，爷爷立即泡了一脸盆白糖水，然后和郑日葵一起用白糖水去喂养活着和半死不活的蜜蜂。可无力回天，蜜蜂中毒已久，即使采用喂白糖水稀释毒素的办法也救不了这些中毒的蜜蜂了。眼睁睁地望着成堆的死蜜蜂，爷爷唉声叹气，郑日葵伤心欲绝地揪着头发，悲哀地哭喊道："都死光了，我不养了！我不养了！"

郑日葵哪承受得了如此巨大的打击，他把蜂场扔给了爷爷后便销声匿迹了。

一年的贷款期限很快到了，信用社的工作人员打电话催郑日葵还款时，郑日葵却一直关机联系不上。王主任脑袋"嗡"的一声，他首先想到了"跑路"两字，怀疑郑日葵还不上款逃跑了，假如是真的，那他也将被追责。这让他吓出了一身冷汗，他坐不住了，便亲自出马追款还贷。他找到了郑日葵的家里，奶奶告诉他在养蜂场，并告诉他养蜂场的地址，可王主任赶到养蜂场只见到郑日葵的爷爷郑松柏。郑松柏这才知道原来孙子养蜂的钱全是从信用社贷来的，现在没钱还了，知道孙子是为赖账出走的。他知道等待郑日葵的将会是什么样的后果，仿佛心里被压上了一块石头沉重起来。王主任看见空空的蜂场，立刻便明白郑日葵为啥要躲债"跑路"了。

郑松柏对王主任说他有办法替孙子还上的，央求王主任宽限一些时日。王主任盯着郑松柏的眼睛一眨不眨地，问他有啥办法？郑松柏告诉他市蜂业管理站的技术员已派人调查取证，蜜蜂大量死亡的原因搞清楚了，是中毒而亡，而导致蜜蜂中毒的是邻近的橘园喷施了农药，风又把农药吹飘过来，这样才使蜜蜂中毒的。他去找过喷施农药的橘农，要求他赔偿损失，等赔到钱立刻还款。王主任听了他的叙述直摇头，说他太天真幼稚了，人家农药喷洒在自己的橘园里，怎么会赔你钱？做梦吧。王主任告诉他，郑日葵是用他父亲郑大为的房产证做抵押的，郑日葵没钱还贷，郑大为就该替儿子还了。他问郑大为在哪儿？郑松柏心想，儿子现在在吉林养蜂，你会去吗？而且蜂场经常搬迁，即使去了也不一定能找到，便把儿子郑大为的地址告诉了他。

事关重大，王主任马上带着一位心腹匆匆乘火车赶去了。结果如郑松柏所料，王主任和助手赶到吉林某县郑松柏提供的地址时，郑大为夫妇早已把蜂场搬走了。但王主任知难而进，一连找了四五天，终于找到了郑大为。他把事情的来龙去脉告诉了郑大为，并讨好地说："郑老板，说实话，本来你儿子是没有条件贷这么多款的，我们当初考虑的是你的名声和资产，而郑日葵是你的儿子，他有创业的勇气和激情，是上进青年，为鼓励他创业，所以才破例贷款给他。可万没想到发生这样的事，你儿子倒霉，我们也跟着倒霉，害得我俩东跑西颠的到处找你……"末了，他说，子债父还，所以我们只有找你了……

关云英得知儿子闯了大祸，心里非常焦急，她怪丈夫把儿子赶走才这样的，假如丈夫不赶走他的话就没这等事了，她难过得立马哭了起来。郑大为起初以为这两位自称从老家来的信用社的干部是骗子，看了他们的工作证，再听了他们的叙述才相信是真的。他对儿子因为与自己斗气，竟然瞒着他用他的房产证做抵押贷款养蜂非常生气，把儿子痛骂了一番后，口气便缓和下来，他说："不过话说回来，我儿子有这志气，像我，我支持。王主任你放心，我儿子的这笔贷款，我替他还！"

四十三、远走他乡，重新创业

躲债“跑路”的郑日葵一口气跑到了广州，住进了一家廉价的私人旅馆。为防止信用社追债，他关掉了手机切断与外界的联系，心想现在王主任想找到自己无异于大海里捞针了。

郑日葵不想天天躲在旅馆里过无聊的日子，便出去寻找打工信息。他从某社区宣传橱窗里看到某蜂产品加工企业招收生产工人的广告，马上兴奋起来。虽然蜂养不成了，但他读的专业和兴趣都在养蜂上面，便立马去报名应聘，顺利地成了一名蜂产品流水生产线上的操作工。经过简单的培训便上岗了。

每天早晨，当他穿上蓝色工作服戴上蓝色口罩走进车间时，便会忘记一切烦恼和苦闷，自信心和使命感油然而生。整个车间近百名操作工，在工作时他的眼睛最亮，注意力最集中。他的两眼像两只电量充足的小灯泡，一眨不眨地紧盯着传送带上的每一瓶蜂蜜，哪只瓶上商标粘贴不规范，哪只瓶里的蜂蜜量不足，休想蒙混过关，都逃不过他的眼睛。突出的成绩使他很快被提拔为班长，提拔意味着工资水涨船高，这更激励他在自己的岗位上绽放光彩。

成就感使郑日葵天天都处于兴奋状态，他很想把自己的成就和快乐让朋友分享一下，于是在一个夜深人静的夜晚他终于打开了自己的手机，跳出来一大串未接电话，还有一大串短信，他知道绝大部分电话和短信是信用社工作人员和王主任的。其中有一个手机号码和这个手机号码发的短信让他兴奋不已，同时他又为自己没有及时接听而后悔不已。这是一个名叫林慧娟的女孩的手机号码，林慧娟是他职业中专的女同学，人很活泼但相貌平平，似乎对郑日葵有点儿意思，经常主动找他聊天，可郑日葵却显得有些迟钝木讷，一副爱理不理的样子。郑日葵不看不知道一看吓一跳，他数了数，她居然给他打了十六个电话发了二十三条短信，林慧娟在短信中告诉他，听信用社的一个朋友说，他的逾期贷款已经被他父亲还上了，他不用在外面躲债了，可以堂堂正正回来了。

这条爆炸性新闻让他欣喜若狂，他激动得跳下床想给她打个电话感谢一下，转念一想现在是半夜，把她吵醒惊动了她家人不太好，便想到用短信回复她。可是他拟好短信准备发送时，脑袋里突然冒出一个可怕的念头：会不会信用社的人收买了她，拿她做诱饵来打听他的消息？郑日葵平时喜欢看谍战片，这种片看多了自己也会变得敏感起来。他琢磨了一会儿，莫名其妙地笑了起来，觉得自己太疑神疑鬼了，他相信林慧娟绝对不会当叛徒出卖他，于是他将短信发送了出去。没曾想她像等着他似的，马上就回复了，问他现在哪里？希望他赶快回家。他告诉她暂时不能回家，他已在广州一家蜂产品加工企业打工，当上了班长薪水不菲，林慧娟为他取得的成绩欣喜不已。郑日葵也觉得林慧娟对自己是真正的好，除了家人，最关心自己的人就是她了，便对她渐渐有了好感，情不自禁地在手机上发短信给她，就这样，他们俩的短信聊天一直持续到凌晨五点才告一段落。

郑日葵在床上又躺了一小时，起床洗漱吃完早点赶去上班了。险情排除，他的手机不再关机，开始了和普通人一样的正常生活，而且他和正常的年轻人一样拥有了爱情，因为他和林慧娟之间擦出了爱情的火花。

有一天晚上，郑日葵突发奇想，他所在的原野蜂业公司加工的蜂产品原料不正是来自像他父亲一样许许多多的蜂农吗？郑日葵的家乡三江市是中国的蜜蜂之乡，假如他在三江市开一家蜂产品贸易公司，一方面可为公司代理销售产品，另一方面为公司收购三江市蜂农提供的原料，岂不一举两得？这个点子不失为金点子啊，郑日葵为自己这个金点子沾沾自喜，并想到让林慧娟分享一下他高明的金点子和巨大的喜悦。林慧娟听完他的想法也兴奋不已，先是夸奖他高明，然后为他展望美好的未来。她说凭他的聪明才智，不用几年便可成为三江市蜂业界赫赫有名的大老板，她愿意当他的助理，助他一臂之力。女友的鼓励对他激励很大，他的梦想像两只充气的气球迅速膨胀起来。

第二天早晨未到上班时间，他便站在总经理办公室门口等着了。腋下夹着皮包的刘总见到他时，以为他是来汇报产品质量方面的问题。当郑日葵将他想了一夜的那个金点子和盘托出时刘总也对他的设想非常感兴趣，连连称赞郑日葵是个难得的人才。刘总居然与他一拍即合，当场拍板同意实施他的金点子计划，并大方地拨给他五十万元做启动资金。这个好运来得太快了，郑日葵觉得像在做梦，像天上掉馅饼，像中了一百万大奖，欣喜若狂。女友林慧娟分享了他的好消息后，毫不客气地要求他给自己个副总经理的职位干，她说她相信自己有信心有能力帮他成为三江市蜂业界的大鳄。没想到林慧娟和他一样有雄心想干一番大事业。郑日葵觉得有林慧娟和他比翼齐飞，事业一定会飞黄腾达，当即答应了林慧娟，并吩咐她先物色好店面做公司的销售部。林慧娟表示她会在他回来之前选好三江市最繁华的黄金地段再租间最优惠的店面，郑日葵非常高兴，告诉她他会尽快处理好这边的相关事宜，尽早回来筹办。

刘总是个说干就干的爽快人，而且他非常看好和信赖郑日葵，当郑日葵口头上和他谈妥与原野蜂业公司合作项目时，刘总便把一张五十万元的支票给了他，指示他回去以最短的时间把公司办起来。

雄心勃勃的郑日葵雷厉风行，一回到三山市就风风火火地筹备成立蜂产品贸易公司的工作了。先给公司取个好听的名字，他和女友林慧娟琢磨了一夜也争了一夜，排出十二个名字，比较来比较去，最后两人的意见基本一致，决定取名为“三山市百花蜂产品贸易公司”。

他骑回存放在朋友那儿的摩托车，天天带着女友林慧娟跑东跑西马不停蹄，租房子、招人、办执照、办税务登记证、办卫生许可证、开银行账户，他们忙得像两只不停转动的陀螺。他看过林慧娟选好的店面非常满意，租下后马上进行装修，听说城东有家倒闭的酒厂厂房闲置了多年，他去一看便兴奋地直叫好，他得意地对女友说：“这厂房办公司正合适，它一直空着就是专等我们办公司用呢。”倒闭的酒厂产权归街道所有，郑日葵带着女友找到街道领导，告诉街道领导要用这厂房做他的蜂产品贸易公司的仓库。闲置房子被盘活了，郑日葵创办的这家公司还成了街道招商引资的项目，街道主任欣喜不已，当场拍板成交。他所在的广州原野蜂业公司也通过赊账发来了半吨蜂业产品。仅一个月的时间郑日葵便顺风顺水地把三江市百花蜂产品贸易公司的牌子挂出来了。

开业这天，郑日葵把三山市的领导和报社广播电视的记者都请来了。郑日葵的爷爷郑松柏和父亲郑大为也到场祝贺。他的副总经理女友林慧娟忙里忙外地张罗着，她是这天角色最多的人，既是安排调派员工的女老板，也是接待贵宾的高级礼仪小姐，还是向顾客推介蜂产品的讲解员、宣介优惠活动的宣传员。

柜台上摆满广州原野蜂业公司生产的蜂蜜、蜂王浆、蜂花粉、蜂胶等蜂产品，瓶瓶罐罐，琳琅满目。这天，除了推出优惠大酬宾活动外，还推出了免费品尝蜂蜜的小活动，只要在现场，不管你是男是女，是老是幼，你想品尝蜂蜜，随时都可以从貌美如花的礼仪小姐手中拿着小纸杯的赠品蜂蜜进行品尝。纷至沓来的顾客把两间大店面挤得水泄不通，他们可以自由地观看、选购。同时郑日葵也开始收购蜂农提供的蜂产品原料，事先谈妥生意的几个蜂农将自己的蜂蜜、蜂王浆等蜂产品一桶桶地运来，当场成交。一时间气氛热烈，人气爆棚。

敏感的记者捕捉到“郑氏三世蜂农同堂”这条新闻亮点后，对祖孙三代进行了专访，于是郑松柏、郑大为、郑日葵祖孙三代在三江市的报纸上有名，广播上有声，电视上有影。一位资深记者经过一番考察，确定郑日葵是郑氏养蜂家族的第九代传人，这位第九代传人把郑氏家族的养蜂事业推向了历史巅峰，被誉为“创新型的青年标兵”、三山市蜂业界的一匹“黑马”，引起了当地蜜蜂产业界的广泛关注。三山市是中国蜜蜂之乡，自然也会引起了全国蜂业界的关注。

郑日葵出名后风光无限，但也烦恼不断，每天既要管收购蜂农蜂产品的业务，又要过问门市部代理蜂产品销售情况，还要和许多来自蜂业商家洽谈生意和合作意向，有时还要亲自处理与蜂农和顾客之间的纠纷矛盾，他心力交瘁疲惫不堪，常常萌生甩手去度假的念头。这时心疼他的还是已做了他妻子的林慧娟，她愿意为他分担力所能及的事情，门市部的一摊事全扔给了她，把收购蜂农蜂产品的业务交给了他爷爷郑松柏管理，并叫他父亲郑大为回来协助，这样他自己便可以集中精力开拓国内外蜂产品市场了。

四十四、遇上危机

经过数年的打拼，郑日葵的百花蜂产品贸易公司得到迅速发展，事业蒸蒸日上。因原来的经营模式已无法满足发展的需要，于是他又在三山工业园区创办了三山天天红蜂产品有限公司，同时成立了三山有机源养蜂专业户合作社，业务也从简单的收购销售，拓宽到加工蜂产品并开拓国外市场等领域。

可是局面刚刚打开，就面临东南亚金融危机，郑日葵一下子陷入了绝境。此时天天红公司已是有十八位股东的股份制公司了，十八位股东都一筹莫展，作为董事长的郑日葵也焦急万分。他不得不将另十七位股东召来开董事会了。

会议室内灯火通明，气氛异常紧张，十八位股东围桌而坐，个个面色严肃，眼睛都盯着郑日葵看，仿佛在等待决定他们命运的时刻。

坐在首席上的郑日葵神色凝重地说："各位股东，我现在可以很严肃地告诉大家，我们将面临破产的危险。"

这句话一出，仿佛扔了一颗尚未爆炸的炸弹，大家都心惊肉跳地屏住呼吸，不敢吭声，面面相觑，最后都把目光聚集到郑日葵身上。

郑日葵不紧不慢地打开笔记本，翻到某一页上，看着笔记本继续说道："大家知道，一年前，我们公司就与韩商签订了一千吨的蜂花粉加工销售协议。现在我们已把这批花粉收购来了，并且已经加工出口了一百吨。可谁会想到，韩币贬值太快了，花粉本来每公斤可以卖二十五美元，现在最多只能卖五美元，而且连这个价也卖不出去，前两天与我们合作的韩国公司的李老板突然失联了……一千吨花粉两亿多人民币哪，我们大半个身子已陷进了泥淖，怎么办啊？”

一个股东哀叹道：“这是老天要害我们呀，有啥办法？能抱石头打天？”

一个情绪激动的股东霍地站起来，对郑日葵怒目而视，他喊道：“怎么办？这要问你了。当初我就知道韩商靠不住，不能把这么大的赌注押在韩商身上，我也反对过，可你就是不听，现在出大事了，还反过来问我们，你要负全部责任！我要退股！”

另一个股东也站起来，附和道：“我也要退股！”

同时有五个股东也举手表态：“我退股！”

有个愣头青的股东更偏激，他抓起桌上的茶杯“啪”地摔在地上，怒吼道：“我们的血汗钱就是被你这么糟蹋的，你赔偿我们的经济损失！”

会场的气氛充满着火药味，一触即发。郑日葵却非常镇静，他端起茶杯喝了一口茶，瞪着眼睛把七个要求退股和那个要求赔偿经济损失的愣头青扫视了一遍，然后口气强硬地说：“要退股的请便，我决不阻拦！请放心，即便我倾家荡产也会把股金一分不少地退给你们！”

声称“退股”的股东有八个，发了一番牢骚后，悻悻地走了。

剩下的股东包括郑日葵在内的十人还坐在那儿，郑日葵用惊讶的神色问他们：“你们为什么不走？”

一个很有声望的老股东说：“办企业哪有没风险的？现在遇到了困难，我们应该同舟共济想方设法渡过难关才是，哪能说散就散呢？但我们不能在一棵树上吊死嘛，韩国市场行不通，我们可以跑国内市场，能卖多少算多少，总比它搁仓库里烂掉强吧？”

几个股东也异口同声地说：“郑总，我们决不打退堂鼓，我们相信您！”

听了这几位股东暖心的话，郑日葵的眼睛湿润了，他感激地说：“谢谢你们的信任、鼓励和支持！从明天开始，我就去跑销路！”

这几个股东异口同声地说：“我们也去找销路！”

四十五、柳暗花明

郑日葵开始大江南北地跑，推销公司的花粉。可是运气不好，他到处碰壁，没遇到一个能合作的商家谈成一笔生意。

这天，他去广州参加一个大型交易会，不知能否成交心里也没个底，便无精打采地坐在拥挤的动车车厢里，望着窗外发呆。动车在一个车站停靠时，一个大眼睛女孩拖着一个行李箱走到他身旁，客气地向郑日葵请求道："先生，能帮我把箱子放货架上吗？"

郑日葵扭头望了她一眼，抱起她的行李箱像举重运动员似的举到货架上。女孩微笑地说："谢谢！"然后从一个塑料袋里取出一桶方便面走了，一会儿端着一碗泡面来到郑日葵身旁。她的座位靠窗，郑日葵的座位在走道口，她要经过他的座位。大眼睛女孩有礼貌地打招呼："先生，请让一下。"

郑日葵机械地把脚放到外边让她过去。不料，动车一晃动女孩的手跟着一抖，面碗里的汤洒了出来，洒到了郑葵生的西服上，女孩忙向他道歉："先生，不好意思，对不起您。"她急忙从包里掏出餐巾纸帮他擦拭，郑日葵朝她笑笑，说："不要紧，我自己来。"

郑日葵也掏出口袋里的餐巾纸给自己擦起来，边擦边问："姑娘，你去哪儿？"

女孩回答："我去广州参加广交会。"

郑日葵立马来了兴趣，询问她："嘿，巧了，我与你同行。你也是去谈生意的吧？"

女孩诚恳地点点头，告诉他："我帮外国人采购农副产品，刚从欧洲回来，就去广州了。"

郑日葵心里一亮，对她刮目相看起来，问："蜂产品你采购吗？"

女孩点点头："当然，只要品质高的农产品都需要。您有蜂产品？"

郑日葵抑制不住心中的喜悦，几乎叫起来："太好啦！我就是专门经营蜂产品的。眼下我有一大批花粉正为找不到婆家而发愁呢，不知你能否帮这个忙？"

女孩欣然道："好啊，我帮您联系试试看。这是我的名片，有消息我会在第一时间告诉您的。"

郑日葵双手接过她的名片，细看了一眼，说："哦，你的名字张琪瑞，既好听又吉祥，今生今世你一定会好运相伴。真是不打不相识，是你的面汤使我有幸认识了你。谢谢你的面汤！"

说罢郑日葵毕恭毕敬地把自己的名片递给了她。

"嘻嘻，真幽默。"张琪瑞接过他的名片，也看了一眼，念起了他名字："郑——日——葵，先生，您的名字很阳光，只要有阳光就会有你的笑脸，你就是一朵向日葵啊。哎，您带花粉样品了吗？"

郑日葵马上点头道："带了带了，你稍等。"

说着他赶紧取下货架上的皮箱，从皮箱里取出一个装着黄色花粉的玻璃瓶递给她。她先转着瓶子看了眼，再打开盖子闻了闻，脸上露出了满意的微笑，对他说："颜色和香味都不错。我买一瓶带回去试试，兴许欧洲人会喜欢上的。如果有好消息，我会第一时间告诉你的。”

郑日葵客气地说：“不用买，你帮我的忙，送你一瓶做样品理所当然。假如事成，那你就成了我的贵人了，我一定要好好感谢你。”

张琪瑞也不客气了：“那好，我先收下了。不好意思，又要麻烦您取下我的箱子。”郑日葵乐呵呵地取下货架上的行李箱，她打开箱子，小心翼翼地把瓶子放了进去。郑日葵把她的箱子重新放回货架上。接着张琪瑞咨询了花粉价格，他把给韩国人的协议价报给了她。看来她还是满意的，她没有讨价还价，微笑地说：“谢谢！请等我的好消息。”

四十六、邂逅贵人

从广交会回来的第二天开始，郑日葵就等待张琪瑞的好消息了。可等了半个月也没等到，郑日葵不好意思老打电话询问，只打过两次电话，张琪瑞都客气地告诉他："暂时还没有消息，请耐心等待。"短信他几乎天天发，但收到的回复也是"暂时没有消息，请耐心等待。"她的"暂时"一直拖了一个月。

一个月后的一天，郑日葵终于盼星星盼月亮地接到了张琪瑞的电话。她在电话里告诉他一个天大的喜讯：经过她的努力，法国的一家贸易公司看中了他的花粉，一千吨全要，价格不变。

简直是喜从天降，郑日葵似乎不相信自己的耳朵："是真的吗？"

张琪瑞肯定地说："哪会骗您呀。你们的花粉我们检测过了，品质很好，法国的老板很满意。郑总，两天后我便带法国公司的代表来你们三江市考察，请做好准备。"

"好的。谢谢你！张小姐，你是我的大贵人哪。"郑日葵激动地对着手机喊，"不，你就是我们的救命恩人！"

手机那头传出张琪瑞的声音："哪有这么夸张？怎么可以说救命呢？我只是尽力帮个忙而已呀。"

郑日葵认真地说："真的。假如你不帮我这个大忙的话，我就会被十七个股东撕了吃掉啦！你就是救我的命啊！"

打完电话，郑日葵情不自禁地张开双臂去拥抱妻子，兴奋地大喊：“我们这艘大船又经受了考验！我们胜利了！”

林慧娟无限感慨地说:“假如没有张小姐这位贵人出手相助，我们这艘大船就有触礁的危险了。”

结　语

蜜蜂产业是甜蜜的事业，但它总是与天灾人祸相伴，养蜂是这样，经营加工蜂产品更是如此。郑日葵掌舵的这艘蜂业大船，在经受了东南亚金融危机的飓风巨浪的严峻考验之后，又遭遇了欧盟对中国农产品的关税壁垒及禁令的双重打击，犹如突如其来的海啸凶猛地扑来，郑日葵却不惧险恶，沉着应战，机智地破解，使这艘大船在大海上乘风破浪，不断前进，最终成了引领中国蜂业发展的航空母舰！